JA

# 後藤さんのこと

円城　塔

早川書房

*6991*

GOTOSAN NO KOTO

by

EnJoe Toh

2010

Cover Illustration Haruko Ichikawa

Cover Design Naoko Nakui

# 目　次

# 後藤さんのこと

# 後藤さんのこと

後藤さん一般の性質について
（後藤さんについて
一般の性質）

もしもですね。

曲がり角からひょっくり未来の自分が出てきたら一体あなたはどうしますかと、会社の休憩時間に後藤さん一般と立ち話をしていたところ、向こう側で待ち構えているではないですか。見るからに後藤さん一般にしか見えないものが。ついでに自分にしか見えない人も。これはちょっとまずいのであり、いくらなんでも後藤さん一般といるときにそれはまずい。

「刺すね」

と言い切ってしまうのが後藤さん一般であって、これは後藤さん一般の性質というものなのでどうにもしようが無いのである。

「刺すんだ」

「刺さないでしょう普通」

そうかなあ、同じものがいれば刺すけどなあと不思議そうな顔をして笑っていたりするのだけれど、後藤さん一般というのは、一度言ったことをほとんど守ってしまう一般であって、ちょっとここでは思い出したくないようなことも、過去に色々やらかしてきた一般の中の一般なのである。要するに刺すという覚悟を決めてしまっているようであり、物騒なことこの上ない。

こちらにいてあちらにもいるということになれば、大概相手は過去とか未来とか並行宇宙とかいうろくでもないものに属する何かということになるのが常であり、通常そういったものに喧嘩を売るのは推奨されない。

「でも刺しても別に矛盾はしないじゃん」

と嘯《うそぶ》くので頭を働かせてみるのだが、そう言われてみれば確かに、時間を遡るとかいう大技を使う割には、未来人が刺されたから論理的に何がどう害をなすということはないようでもある。未来人が過去人をぶん殴ったりするのは勿論、様々面倒を引き起こしがちであり、どこかの場所から多重に禁止されているに決まっている。

「矛盾はしないですけど、それやると死にますよ。将来的に」

「将来的には誰だって死ぬよね」

「そういう話だったかなあ」

論点がいきなりかなりずれていってしまうのもまた、後藤さん一般に一般的な問題点であることが知られており、これには一応、後藤さん一般の改良というのが国連で提案されてはいる。

「まあ死ぬんだろうね。そういう話なんだから」

「なんとかしようはあるんじゃないですか」

「なくない？」

人影に気づいたらしいこちら側の後藤さん一般が顔を上げて淡々と言う。

「刺さなきゃいいだけなのでは」

刺すって言っちゃったしなあと、後藤さんは呑気に笑っている。近い未来に自分に刺されても構わないと思っている人の顔には全然見えない。

「まあ一度言ってしまったことは守るのがよいよね」

一般論としては正しいのだが、そんな発言を取り消したからといって誰かに責められるということはないと思う。後藤さん一般とは、兎《と》に角《かく》、一般的な約束を守る一般として有名なのだが、まず誰に頼まれたのでもない守り方がおかしくて、守っているものがそもそもおかしい。そんなに律儀に全てを守ろうとしなくとも構わないのではないかと思う。

「その場合、未来の後藤さん一般は、自分がどうなるのか知っていながら、過去に戻るわけですよね」

「そういうことになるかな」

「逃げようは何とかできるんじゃないですかね」

どうでもできるように思えるのだが、後藤さん一般の見解は異なるらしい。

「逃げる意味があんまりないよね」

「いや、意味のあるなしじゃなくて全く意味がわからないというかなんというか」

後藤さん一般が本当のところ一体何をどうしたいものなのかは有史以来不明なものとされている。

「この場合の刺す刺されるっていうのは事実の方に近いんじゃないかな。決まったことは決まっているでしょ」

そう決めつけたものでもないだろうと思うのだが、後藤さんの方は妙に自信ありげに腕など組んで向こう側を見つめている。自分が死ぬの生きるのという瀬戸際で淡白にすぎるとしか言いようがなく、こうして泰然としていられる筋道がまずわからない。何か方策があるなら別だが、後藤さん一般がそんなものを持ち合わせている道理はないのである。

「既存の時間の理論には不備があるとか言い出しましょうよ」

「時間の理論ってなんなんだろうねえ」

と後藤さんはあくまで悠長な態度を崩さない。

「自分の命がかかってるんだから、もう少し必死に考えてもよろしいのでは」

「時間が順番に並んでいなくても構わないとは思うけど、自分たちでわかったり決められたりすることではないと思うね」

「塵理論」

「グレッグ・イーガン」

確かにそれはそうであろうなあ、と二人で頷きあう。

「そもそもどうして刺そうと思ったんですか」

「面白いことをして暮らしたいよね」

「あんまり愉快な結末になるとも思えないなあ。暮らしの方を否定してるし」

率直に言って、未来の自分を刺すのどうのと、可笑《おか》しさよりも茄子《なす》からヘタをとった暗闇のような怖ろしさの方が先に立つ。得体の知れぬ種類の何もなさというか、何もないすらないような。

「何からどう逃げようとして逃げないかかなあ」

「こうして立ち話をしているところに本当に向こう側から近寄ってきたら、刺します？」

「こないならこっちから行くべき理由はあんまりないけどね」

「やめておくのがお勧めかな」

「何事も前向きに行うべきではなかろうかという気もする」

と後藤さん一般は無精ひげだらけの顎を撫で回している。

「まあ止めはしないですけど。何がどうなるのか興味はあるし」

後藤さん一般はこちらを見つめ、ふうん、と言う。

「休憩時間も終わりかな」

携帯電話で時間を確認して後藤さん一般は言う。

「行きますか」

「行きますか」

煙草を携帯灰皿に放り込んで揉み潰して、後藤さん一般が歩き出す。一歩二歩と玄関へ向けて歩を進め、何かを思いついたようにこちらへ向けて振り返りかけ、向こう側をしっかり見つめ直した後藤さん一般の動きが止まる。なんとも不思議そうな顔をつくって目を細めながら髪の中に片手を突っ込む。当たり前のように歩を進めている向こう側の後藤さん一般へ向けて、片手を上げて挨拶のような身振りを投げる。さてなはてなと眺めてみて、淡々と歩み寄っていく二人の姿はどうみても接近していく一般的な二体の後藤さん一般の光景であって、どちらがどうという区別をつけられそうにないのである。とは言い条《じょう》、こちらの後藤さん一般が真実こちらの後藤さん一般であると信じておきたいところである。

そうするうちに、見る間に近づく二つの影は、どちらからということなくひどくゆっくりとなめらかに揉み合いへと突入していき、後藤さん一般は重なり合って、一回り大きな後藤さん一般を形成していく。蝸牛《かたつむり》の交尾のように多数の腕を突き出しては刺しつ刺されつを繰り返して一般的な呻《うめ》き声をあげ続け、見守るこちらは何が何やらわからぬままに取り残されて、呆然とその塊を眺めるだけである。一般的な二つの呻きは徐々に響きを大きくしながら、雄叫《おたけ》びのように周囲を圧して広がっていく。

「やる」、「やってやる」、「やられる」、「やる」、「やられた」、「やる」、「やられはせん」、と一体化して丸々膨らんだ後藤さん一般は叫び続ける。

「やられるまではやってやる」

と一体化した後藤さん一般は絶叫して、後藤さん一般は再び二つの後藤さん一般へと分裂し、血にまみれて地へと倒れ伏した一体の後藤さん一般が残される。

まあそんなこんなのなりゆきで、後藤さん一般は後藤さん一般を未来的だか過去的だか超時空的に倒してしまうことになるわけであり、生き残った方が真の後藤さん一般ということになり、結局のところ、後藤さん一般というのは生き残っていくものなのだから心配するだけ無駄なのだということになるのである。

肩で息をしながら立ち上がった生き残りの後藤さん一般は、ただ行方を見守っていただけのこちら側の僕に目を向けて、

「で、君はどっちの君なのかね」

と問いかける。

「誰が誰なわけですか」

「誰だった……かな」

とかなんとか力を振り絞って後藤さん一般は言うわけだが、随分前からそんなことはわかりきっていたような気もしなくもなく、結局のところどうでもいいことだと思ったりする。

ここに残った三人のうちで厄介なのは、後藤さん一般の方ではなくて、二人に増えてしまった僕の方であったりする。

さて、と後藤さん一般は考え込んで、両手を大きく広げてみせる。

「要するにこの不可思議状態が、この時間移動のそもそもの原因であるわけだが」

「順序が逆じゃないですかね」

と言いつつ、こうして何かがなされるのを目撃してしまっては、あまり自信は持ちようがない。もう一人の僕は息絶えて横たわる後藤さん一般の横にひざまずき、僕は僕たちを見比べている後藤さん一般に頷いてみせ、

「じゃあしようがないので行くことにしましょうか」

と何かの開始を告げてみるだけ告げてみる羽目になったりするわけである。

もう一人の僕であったところの彼は僕へ向けて手を振って、ここはこちらでなんとかするので、色々乗り越えていくのが良いことなのさと笑ってみせる。

## 後藤さんと帽子の性質について

後藤さんとは一般に、帽子をかむっているものだと考えられている。後藤さんというものは一寸《ちょっと》どこの国の産なのかわからない顔つきをしているのであり、浅黒かったり浅赤かったり浅青かったり浅緑かったりする。お手近の後藤さんを参照のこと。なんだか格好よさげに苦味が駆け回ったりしているのだが、残念なことにシャツが出ていたりネクタイが曲がっていたり靴下の左右が違っていたりする男があれば、十中八、九後藤さんと考えて良い。

どこのものかがぼやけているので、どんな服を着せて遊んでみてもそれなりに見られるものとなる。スーツからジャージまで、女装から着ぐるみまで、揺り籠から墓場までをそつなくこなす。後藤さんと呼ばれているものの正体が、実は後藤さんの皮をかむった別のものだということは公然の秘密に属するのだが、そこのところの事情についてはまた別の機会へ譲ることにする。

何でも過剰に似合う男なのだが、不思議と帽子が似合わない。これは何とも奇妙なことだが心底似合わないのだから仕様がない。制服までは似合うのだが、制帽となるとこれが全く駄目である。何を真面目くさっていやあがるのだと思わず殴りつけたくなる。一つ説得力のある解釈として、後藤さんに帽子が似合わないのは、後藤さんは既に見えない帽子をかむっているからだという説がある。そこに帽子を載せると二重になってしまうので似合わない。二重の眼鏡をこなせる人がいないのと同じことであり、おそらくそこらが真相である。

ここに後藤さんが座っており、後藤さんは赤い帽子をかむっている。後藤さんは赤い帽子をかむっている。後藤さんは赤い帽子をかむっている。要するに赤い帽子をかむっているのである。

帽子は見えないのではなかったかと、無論見えない。では何故赤いと言えるのかという説明はなかなかむつかしい。大体共感覚みたようなものと思って頂きたい。三角形が音を発したり、5という数字が黄色に見えたり、雨音の強さが彩度に変換されたり、味覚が色を持ったりするあれである。共感覚なるものは人それぞれのものであり、発生したりしなかったり、発生しても仕方は異なるという指摘はあまりに正しい。だから共感覚みたようなものということになり、何故赤い帽子と思えるのかは、多分後藤さんの偉大さに起因するのだろうと思われる。帽子をかむっているのかと目を凝らすと見えなくなって、ただの気の迷いのようでもある。

帽子ハイツモアカイノデアルカ。

・そんなこともないのであり、白い帽子も存在することが知られている。こうして後藤さんが集っているのは一寸した対決に臨むためである。後藤さんとは一般に大体同じようなものであるので、というのは大量生産された後藤さんの皮をかむせられているのが後藤さんであるからなのだが、当の後藤さんとしては面白くない。誰が一等優れた後藤さんなのか。後藤さん一般とは大変大人しい代物ではあるのだが、やっぱりそういうことが気にかかる日もあるのである。

勝負のルールは簡単で、自分の帽子の色をあててやるだけのことである。当然、相手の帽子の色はわかるのだが、自分にかむせられた帽子の色は自分では確認できないようにできている。インディアン・ポーカーとかああいう種類のものである。それだけでは帽子をかむって睨みあっているだけとなるのでもうひとつルールが足されており、後藤さんの中には最大一人、白い帽子をかむっているのがいる。最大というからにはみんなで赤い帽子をかむっていることだってありうるのである。

たとえば後藤さんが白い帽子をかむっていたとする。後藤さんと後藤さんには後藤さんが白い帽子をかむっているのが見えるのだから、そして白い帽子は最大一個しかないのであるから、自分が赤い帽子をかむっていることが判明する。

全員が赤い帽子をかむっていたとした場合、こいつは一見手の出しようがないようなのだが、一番賢い後藤さんは自分の帽子の色を判断できる。というのは、もし自分の帽子の色が白であったとしたならば、他の後藤さんが余程間抜けでない限り、自分たちの帽子の色は赤なのだと気づくであろう。他の後藤さんがそう主張しはじめぬ以上、自分の帽子は白ではない。つまり自分は赤い帽子をかむっているということになるのである。一等賢い後藤さんはここで手を挙げて勝利を宣言する。

ここに若干の問題があるとすれば、後藤さんとはみな後藤さんであるために、賢さにせよ間抜けさにせよ大差ないとあらかじめ知られているところにあって、これはなかなか問題なのである。一等優れた後藤さんを決めようとする火元でもあり、決められないという根幹でもある。

今、後藤さんには後藤さんと後藤さんが赤い帽子をかむっているのが見えており、後藤さんには後藤さんと後藤さんが赤い帽子をかむっているのが見えており、後藤さんには後藤さんと後藤さんが赤い帽子をかむっているのが見えている。

「他の後藤さんが手を上げないのだから、自分は赤い帽子をかむっているのである」

「他の後藤さんが手を上げないのだから、自分は赤い帽子をかむっているのである」

「他の後藤さんが手を上げないのだから、自分は赤い帽子をかむっているのである」

はい、どうぞ。

その程度のことはどの後藤さんも思っているとはどの後藤さんも承知なのであり、だから自分は騙されているのではないかなと後藤さんは思うのである。全員そう考えることが知られているなら、残りの後藤さんが共謀している可能性が存在する。本当は自分は白い帽子をかむらされているのだが、残りの後藤さんは見てみぬふりをしているかも知れないではないか。

言い忘れたがこの勝負にはもう一つルールがあるのであって、自分の帽子の色を間違って推測した後藤さんには罰則が与えられるのである。面倒なので、さっくり殺されるということにしておく。死ぬの生きるのとなると話はただの罰とは別であって、余程の慎重さが要請されるが、これは同時に余分な後藤さんを消し去る良い機会ともなるのである。

別に話を殺し合いへもっていかなくともよろしいのではないかとはもっともであり、後藤さんとしても同意したい気持ちは大きい。ところで自分の内面というものを信用しきれぬのもまた後藤さんというものであり、全員が同時に手を上げて、ワタシノボウシハアカイノデアルと言ってしまえば勝負はたちまちに終了して誰も死なない。協調なりと考えてみて、それがもっともよい解である。ところで自分が今まさに、さっと手を上げたいのであるかと考えるに、どの後藤さんも内心首を捻っている。別に積極的に死にたいわけではないのだが、そうした人の内面などは当人にもよくわからぬことなのだと、後藤さんは思い知っているのである。

他の後藤さんを騙したいのか。根っこのところは気のいい代物であるために、あまりそういう気持ちも起こらない。他の後藤さんが伊藤さんだったりした場合には、後藤さんもここまで色々考えない。他人に優しく、自分がわからず。他人のためなら別に騙されて殺されようとも構わぬのだが、他の後藤さんに騙されるとなると釈然としないところが残る。絶対に何が何でも自分のことを騙そうとはしないのかと自分自身に問いかけてみて、後藤さんには自信がない。

実は一人の後藤さんのかむっているのが白い帽子なのであり、他の後藤さんが共謀していると考えてみる。自分に見えているのは赤い帽子なのだから、その場合死ぬのは自分ということになる。相手が自分を謀《たばか》っているという自信があれば、白だと主張してこの窮地は切り抜けることが可能である。ところが相手が後藤さんである以上、他の後藤さんもそう考えていることは間違いがない。そうしてみると、全員がワタシノボウシハシロイノデアルと宣言してみんな仲良く討ち死にするという事態さえ起こりうるわけであり、そいつはなんとも間が抜けている。

「お前は俺より間抜けだったよな」

「お前は俺より間抜けだったよな」

「お前は俺より間抜けだったよな」

とブラフをかけてみるにせよ、どの後藤さんもそう考えているのは明らかであり、そうしてみると後藤さんは等しく間抜けであるか、互いに指摘しあって間抜けの螺旋階段をぐるりぐるり下りていくということになり事態は特に変わらぬのである。全員がどんどん間抜けになっていってはかなわない。

さてこれはどうしたものかと、これらの後藤さんは後藤さん開闢《かいびゃく》の昔からこの睨みあいを続けているのであり、後藤さんというものの気の長さには想像を絶する部分がある。

事態を打開する特に良い手もないのであるが、ここで後藤さんと後藤さんと後藤さんはふと目を上げて、あなたの方を見ることになる。

あなたの頭の上をちらと流した後藤さんと後藤さんと後藤さんが莞爾《にっこ》りと笑ってみせた場合に、そしてここであなたが笑ってしまった場合に、さてあなたの答えは何となるのか。

もう一つ言い忘れていた付帯事項があって、自分の帽子の色を宣言するまでの制限時間は特に設けられていない。だからまあ、好きなだけ考え込んでくれて構わない。間違えると多分死ぬことになる。

自分の帽子が何色なのかを考え始める前に、まずあなたが何色の後藤さんなのかを考えてみるのがいいかも知れない。実のところ、後藤さん一般には黒字が青字に、青字が緑字に、緑字が赤字に、赤字が黒字に見えていたりするわけだが、そこらあたりの事情の解説もまた、いつかの機会に譲ることとしておきたい。

## 後藤さんの皮の性質について

「後藤さんの皮をかむった変装など古いぞ明智君」

というように怪人二十面相にも可愛らしい間抜けさがあったわけだが、後藤さんの皮の問題は根深いことが知られている。後藤さんの皮をかむった獣だったのねというようなことはまま起こる。防止する手立てはない。

後藤さんの皮について解説するには、まず分後藤さんから説明しなければならないのだが、この現象がどのようにして生じているのかには未だ議論の残る部分が多い。後藤さんが粒子であるのか波動であるのかも未だ決着は見られておらず、波だとして縦波なのか横波なのかにも異論がある。ある後藤さん学者の言によれば、後藤さんは月曜日を粒子として過ごし、火曜日と水曜日は縦波で木曜日と金曜日は横波なのだという。後藤さんが土日になにをしているのかは全く知られていない。会社休みだから。土日。

後藤さんが粒子であるという証拠としては、光後藤さん効果が知られている。後藤さんに光を照射し続けると、新たな後藤さんを発することは実験により確かめられている。ある一定量の光を照射すると、後藤さんがぽかりと生まれる。少しあてると小さな後藤さんが、沢山あてると大きな後藤さんがということには何故かならない。ある一定量の光がたまったところで後藤さんは生成される。これを後藤さんは量子化されていると言うのであるが、専門用語はどうでもよろしい。要するに後藤さんは粒々している。ついでに日向《ひなた》が嫌いである。

後藤さんが横波であるという説の根拠としては、後藤さんがある種の隙間を通ることができないという過去の観測結果が持ち出される。子供の頃の後藤さんは例に漏れず色々隙間を抜けて遊んでいたのだが、縦にひらいた隙間を抜けることができた後藤さんは、横にひらいた隙間を抜けることができず、逆も成り立っていたことが昔の遊び仲間の証言から得られている。偏後藤さん性と呼ばれるこの性質は、後藤さんが横波であることを明かすものではあるのだが、この実験は近年行われることがない。加齢とともに後藤さんは隙間を通るという遊びをやめてしまったからというのが公式の発表ではあるのだが、実のところお腹が出っぱりすぎて隙間を通り抜けることができなくなったのであることは、誰もがみんな知っている。

後藤さんが縦波であることはつついてみるとよくわかる。お腹を人差し指で押すとそのままどこまでもへこみ、指を離すと静かに戻る。そのまま全体がどよんどよんと波打ったりはしないのであり、後藤さんが縦波である証拠とされるのだが、その実験は如何《いかが》なものかという意見もある。それもまた加齢に伴う弾力性の減退ではないかという意見は、後藤さんの心情を鑑《かんが》みて丁重に無視されることになっている。

分後藤さんについてであった。後藤さんはプリズムで分けることができると知られている。後藤さんの背景白色像をプリズムの端っこに入射することによって後藤さん、後藤さん、後藤さん等々の七人の後藤さんに分離できることはニュートンが林檎の木の下で後藤さんを弄《もてあそ》んでいた時に発見された。後藤さんがそんなところで何をしていたのかといって、万有引力の法則発見と林檎の結びつきはどのようにして形成されたのかを調べに行っていたのである。すったもんだのやりとりの末ニュートンは後藤さんのこの性質の虜《とりこ》になってしまい、万有引力の法則の発見は五年も遅れ、やきもきした後藤さんは結局万有引力の法則を直接彼に教えてしまった。だから林檎と万有引力の法則発見の間に関係はない。これが現在、林檎が重力に従っていない事実を説明する説話であるわけだが、要するに後藤さんは色々な後藤さんの重ね合わせによって後藤さんの姿をしているということになる。

　さて、ここで事態を更に面倒なものにしているのは、後藤さんの三原色が絵の具の三原色ではなく、光の三原色に近いという事実である。ニュートンがプリズムに突っ込んだのが　　　　だったことを思い出して頂きたい。何のことだか見えやしないが、後藤さんと後藤さんと後藤さんを等人数混ぜ合わせると、　　　　が生成される。赤と青と緑を重ね合わせると白色となるのが光の性質である。逆から見れば簡単なものを、正面から見ることが難しい一例でもある。そこいらをうろついている　　　　を無造作にとっつかまえてプリズムに突っ込むなどということはなかなか常人にできる仕業ではない。

　それだけならばそれほどややこしいことはないではないか。それは全くその通りである。この解釈が後藤さんの全てを解説するものでないことは、ディラックが単純な事実を指摘するまでは知られることがなかったのであり、現在も別に知らなくとも日常生活に差し障りのない事柄に属している。後藤さんは反後藤さんの海に浮かぶ泡である。これがディラックの得た卓見である。用語には若干の混乱があり、後藤さんを陽後藤さん、反後藤さんを後藤さんと呼ぶ流儀も存在する。ここでは反後藤さんや後藤さんを、通例どおり後藤さんの皮と呼ぶことにしたい。

　その見解に従うならば、後藤さんというのが後藤さんの皮の真の姿である。正確には、背面の黒を紙面全体に引き伸ばし、それを白黒反転したものが後藤さんの皮の姿である。

ところで後藤さんは分後藤さんできることを知られているので、後藤さん、後藤さん、後藤さん、の重ね合わせを、後藤さんの真の姿と考えることもできるわけである。真のという意味が些《いささ》かとりにくいが、これが現代後藤さん学による、後藤さんに対する見解である。

ここから帰結される結論は戦慄的なものとなる。現在は後藤さんの非局所性として知られるこの性質は、まず後藤さんの皮がこの紙面全体に広がってしまっていることを示している。後藤さんの皮にあいた、後藤さんという形の穴が後藤さんのように見えているということなのだから、当然そういうことになる。次に相互別々の後藤さんと見えるものが、緊密に連携を取り合う一つの超後藤さん性とでも呼ぶべき関連の中にあることを示している。ここのところ意味のとりにくい部分があるので、例を示して解説することにしたい。

すなわち、後藤さんとは、やや にあいている、後藤さん型の黒色の穴である。一見ただの「後藤さんと後藤さん」に見えるものは実際のところ、「と後藤さん」「後藤さんと」「後藤さんと後藤さん」の重ね合わせとして考えることができる。

まあ待ちたまえと、ここで静止をかけた方は賢明である。その説明によれば、

は　と　と　の重ね合わせということになるが、そこには、すなわち、後藤さんの背景白色像が含まれていないということになるのではないか。ニュートンが虚空から捕まえだしたのは、まさにそのような後藤さんではなかったのか。そうでなければ、　　　から、後藤さん、後藤さん、後藤さんという分後藤さんが実行できないのだから当然そういうことになる。

その混乱はもっともだが、順を追って考えて頂ければ、別段何の問題もないことがお解かり頂けるはずである。これもまた逆から見る方が理解の易い事柄に属する。「後藤さん」は「　」「後藤さん」「後藤さん」の、「後藤さん」は「後藤さん」「　」「後藤さん」の、「後藤さん」「後藤さん」は「　」「　」の重ね合わせと理解できることを考えれば、これら九枚の後藤さんの皮の重ね合わせが、　、となることは明らかだろう。重ね合わせとしての問題はない。問題があるとすれば、プリズムが分後藤さんを行うにあたり参照しているようにみえるものが、後藤さんの皮の色ではなく、後藤さんの色そのものに見えるところだろう。プリズムが分後藤さんの際に参照しているものが、後藤さんの皮であるならば、「　　　」を分後藤さんした結果は、「　」「　」「　」となるはずだからである。この間の消息は錯綜しており、この与えられた紙面で説明することは無理である。お手近の後藤さん百科事典へあたって頂けることを祈るばかりである。

　そもそも後藤さんの皮とかいうものを持ち出したのが間違いなのだとする意見もある。そんなものを考えずとも、我々は後藤さんだけで満足しており、それが紙面規模に広がった後藤さんや後藤さんや後藤さんであるかどうかは関係がない。

　そんな話であればどれほど後藤さんも報われたか知れないのだが、残念ながら、後藤さんが後藤さんの皮の重ね合わせであることは古生物学的に肯定されている。ただの後藤さんや後藤さんの姿は、後藤さん（♂）としてカンブリア期の化石の中に見出すことが可能である。

　後藤さん（♀）と後藤さん（♂）は重なり合って　　となり、後藤さんと後藤さん、後藤さんと後藤さん、後藤さんと後藤さん等々を気儘に産み出して雑交していたことが知られている。後藤さん（♂）の絶滅の理由はわかっていない。ただその絶滅の後も、後藤さん（♀）、すなわち後藤さんの皮たちが後藤さん（♂）を無理矢理偽装する形で生き延びていることが知られるばかりである。その絶滅を、あえて我々の宇宙に反粒子がほとんど存在しない理由と結びつける必要はないだろう。

　近年、バージェス頁岩で発見された後藤さんの化石を示すことで本節を閉じる。後藤さんの形態を持つ、堅い抱擁中のその化石は、幸せな日々を過ごしていた後藤さん

（♂）（♀）たちの姿を永遠に留めるものとして知られている。全後藤さん研究者がその姿に涙を禁じえなかったとして、誰に責めることができるだろうか。

## 後藤さんの分割の性質について

後藤さん、というのは心平らかに見るところ、これは明らかに死体であって、背後に不穏な来歴がありそうである。上半身と下半身の色が違うときては、普通、死んでいるに決まっている。動いているから生きているというのはいくらなんでも早計に過ぎる。例えば枯葉などは積極的に生きているわけではないのである。当人にきいてみるという手は残されており、「え、それはわからない」と答えが戻る。

「え、それはわからない」は勿論、「生きている、を定義してもらわないと文章の意味がわからない」の意味なのだが、後藤さんは割と無口な性質である。

後藤さんに言わせるならば「後藤さんは割と無口な性質である」は「無口というのは多分程度の問題なので、基準点を決めない限り無口だ多弁だという区別はつけられないだろうし、ある一定の期間に限って発話量を測定するのか、一生の間に喋った時間の総量を問題とするのか、それを寿命で割って単位時間あたりの単語の数から判定するのかあたりに最低限の合意があるべきなのだが、厳密なことを言ってもしかたがなく、日常の生活を平穏に送ることは常に最優先されるべき命題だからうるさいことを言うつもりはない上に、実際のところ穏当に答えてしまうことはできるときて、ただ御託を並べているだけだと思われるのも業腹であり、だからこんなことはいちいち言い出さないし、考えるだけでも疲れてしまって、流石《さすが》に四六時中こんなことを考えているわけでもないのであって、考え続けては一日何もできなさそうで、しかし本当に考えていないと言い切れるのは如何なる根拠によってであるのかと、そういうことを気にする人は経験上少ないようなので、人前ではあまり口に出さないことにしている」というような意味を持っていると考えられているのだが、後藤さんは基本的に無口なので、そんなことは言わないのである。だから本当にそんなことを考えているのか、誰にも確認することはできない。口に出さないのだから仕方がない。本人も多分知らないのではないか。

したがってここから不可避的に、後藤さんにとって「後藤さんは基本的に無口なので、本当にそんなことを考えているのか、誰にも確認することはできない。本人も多分知らないのではないか」はもうなんだかわけのわからぬくらいの長大な文章となって後藤さんの内部を巡り続けているはずなのだが、そんな思考方法は実のところただの手抜きなのではないのかなとも後藤さんは思うのである。後藤さんがこんなことを言い出したりはしないからには、思っているかは全くのところ不明であり、紙面と人生は何かの理由で限られている。既にかなり手を抜いてしまっている気もするのでここらでやめる。

だから後藤さんとしてもその種の質問に対しては「うるさいわね」と一言答えて済ませてしまうことも多いのである。質問自体が何だったかを忘れられていると思われるので繰り返しておく。

「後藤さん、生きていますか」

「うるさいわね」

なぜおかま口調であるのか。後藤さん（♂）と見えるものが、その実、無闇と重なり合った後藤さん（♀）であることは先に触れたとおりである。別段前節の内容などは憶えておらずとも大過ない。

となると、後藤さんは自分が生きているのか死んでいるのかも判らぬ間抜けということになりそうだが、流石にそんなことはないのであり、まあ、後藤さんは皆生きている。生きているか死んでいるか区別がつくとかつかないとか、生きているからには生きているとして良いであろう。まあどうして見ても死体である。

当節、純粋な後藤さんは著しくその数を減じてしまっており、一般家庭で見られるのは、ほとんどの場合、まだらになった後藤さんである。夜半に通風孔を滑りぬけて、隣室の女性の首を甘噛みしたりするので剣呑なこと極まりない。強いれば男性の首も噛むことは噛み、少し嫌そうに顔を顰《しか》める。

まだらの後藤さんの起源については、様々な意見があり、そのどれもが七面倒くさい理屈を持ってしまっている。思いつきで提案された起源に対し、当の後藤さんが文句をつけて事態を入り組んだものにしていくせいである。

「後藤さんは卵を産むじゃないですか」

「ほう」

「卵が先か、後藤さんが先かみたいな」

「卵じゃね」

「子供というのは気の向いた時に卵を温めてみて、また冷蔵庫に戻しますな」

「そんなことはないと思う」

話がどこへ向かうかとんとわからない。

後藤さん（♀）の生殖行動は先に述べた通りに非常に複雑なものであることが知られているが、まだらの後藤さんの発生に関して、生殖の担う役割はそれほど大きなものではない。確かにまだらの後藤さんからはまだらの後藤さんが生まれるのだが、後藤さん同士は交叉しないことが知られている。人間だって交叉するのは染色体であって、体そのものではないのである。後藤さんと後藤さんをかけあわせれば、それは当然後藤さんになるのであって、まだらが生じる余地は全くない。せいぜい濃淡が生じることはあっても、きっぱりこの線からこちらはアカである、あっちへいってシロであるという事態の発生は是認し難い。

学術的な解説からは離れてしまうが、後藤さんのまだらを説明するためには、後藤さん伝説に頼るのが近道である。

昔々あるところに、勇猛剛健で知られた後藤さんなるものがあったのである。後藤さんは数多の予言に守られており、曰く女の腹から生まれた者の手にかかることはないであろうとか、曰く男の腸からひりだされた者の手にかかることはないであろうとか、曰く試験管から生まれた者の手にかかることはないであろうとか、曰く何かから進化した者の手にかかることはないであろうとか、曰く私が戻る日をそのまま待ち続けるがよいだろうとか、曰く紐を切ってしまったからには責任持ってアジアの支配者になるまで死ぬことはできないのです☆、といったものまで、嫌がらせのようにして不死を保障されていたのだった。

自分のあずかり知らぬところで勝手に予言をされてしまった当人としては内心面白く

なかったらしく、後藤さんは次々と無茶をやり続けることになるわけだが、予言というのはそう乱暴に扱ってよいものではないのであり、正面切って切り開けるものでもないことは三歳児でも知っている。構わず無理を続けて有名人になってしまった。

そのあまりの不死っぷりから、縁起物ともされたのであり、後藤さんを襟に縫い付けておくと弾に当たらないとか、枕の下に入れておくと色つきの夢が見られるとか、不器量な娘の布団に入れておくといつしか腹が大きくなるといったものまで、それは便利に活用されることになったのである。

ところで後藤さんとはお札やタリスマンの類ではないのであって、一応のところ血肉を備えた何物かである。後藤さんの血筋を遡ると、後藤さんイブへとたどり着き、その血統は万世一系、保証書つきでかなりお高い。密猟者によって数を大幅に減らしたことも手伝ってその価格は高騰した。当然、偽後藤さんというのも世にあふれたが、これは多少とも注意力を備えた人間であれば容易に判別のつくものであって、後藤ちんとか後藤きんとかいうものを後藤さんと間違える者は余程の間抜けであること疑いない。

後藤さんの値段はまあ良いとして、問題となったのはその相続に関してである。半分ずつ仲良く分ければ良いではないかという意見は、残念ながら予言によって阻《はば》まれている。予言というのは何が起こるかとうの昔にお見通しであるからこそ予言と呼ばれうるのであって逆ではない。

「後藤さんは三分の一ずつにしか分割され得ないであろう」

何でか理由は知らないが、いずれ酔っ払った魔法使いが適当に口走ったものだろうと思われる。残念なことに魔法使いとは生まれついての人そのものにつく命名であり、人間の状態に付属する用語ではない。誰かの内面次第に関わらず、この予言は天命として効力を保ってしまった。

この予言もまた後藤さんの不死性に寄与するものであることは言うまでもなく、四文字からなる後藤さんを三つに分けるのは不可能である。したがって後藤さんを切り離すことは決して誰にも叶わない。後藤さんも髪を切ったり爪を切ったりするではないか。そんな細かなところなどは全体の大雑把さからしてどうでもよろしいことである。

この予言のお陰で後藤さんは長らく分割を免れていたわけだが、予言というのは固定して変化のないものであるからには、どこかにつけこむ隙が生じてしまうものである。

代々伝わる後藤さんの所有権を争っていた兄弟のもとに、一人の旅人が通りがかり、その後の後藤さんの取り扱いを巡る一つの悲劇は幕を上げることになる。

実際のところ、この旅人の正体はあんまりといえばあんまりな謎に包まれている。互いの両親についてのいわれない中傷合戦を経て、今にも取っ組み合いの喧嘩に発展せんとしていた兄弟の間に割って入ったこの旅人は、ゆっくり頭をはずしたのだという。

「この頭をとって元気になりなさい」

あまりの出来事に恐れおののく兄弟は、今や首なしとなった旅人がぶっきらぼうに差し出す血塗れの「後藤」を受け取って、促されるままに「後藤さん」の上に乗せたのだという。「後藤後藤さん」へと変貌した後藤さんの体は、ここで素直に刃を受け入れ、大人しく「後藤」と「後藤」と「さん」へと分割された。三分の一ずつになって横たわる後藤後藤後藤さんの死体から「後藤」を取り上げた旅人は、首を戻すと満足げに一つ頷き、マントをひらめかせて空へと飛び去ったというのだが、ここの部分には別種の伝承が混じっているというのが専門家たちの見解である。

兄弟のもとに、「後藤」と「さん」をそれぞれ持って嫁いできた姉妹についての詳細は省いてしまって構わぬだろう。後藤さんが「後藤」ではなく「後藤」を持ち去った理由については、本人が固く口を閉ざしているので誰も知らない。深慮遠謀があったのだとも、うっかり間違え、今更返せと言えなかったからだとも、周囲は色々言うのである。はっきりとしているのは、後藤さんにとって体の色などという些細なことは、どうでも良いのだろうということばかりである。

ここであなたの家の神棚あたりに置かれて埃を被っているまだらの後藤さんを確認す

ることをお勧めしておく。その首が胴から転げてしまっている場合。やっぱりそれは、きちんと直しておいてあげるのが良いと思われる。

## 後藤さんとお別れの性質について（前編）

これまでに存在が確認されている中で地球から最も遠い後藤さんは、五十六億七千万光年の彼方に位置している。それは、少なくとも五十六億七千万年前には何らかの後藤さんがいたに違いないということを意味している。誰かと誰かの年齢が一つ違うということは、両者の間に一光年の距離があるということだから。その後藤さんは宇宙に満ちた暗がりの中で独り猛烈に回転運動を行っているが、勿論、その姿を肉眼で捉えることなどできはしない。巨大な電波望遠鏡が、その身振りに発する電波を受信してデコードする。望遠鏡とは言い条、実体は腰の高さで網目状に張られた鉄線にすぎない。遥かすぎる距離を隔てて、後藤さんは金属内の電子を揺さぶる。自分の脂肪をそうするように。奥歯の銀の詰め物でその電波を受信する者だって世の中にはいる。後藤さんの声は、当然、こう聞こえる。

「お世話になっております。後藤です」

自らの正体を名乗る天体。でもあんまり意外ではない。物理現象が日本語を選択している理由について訝《いぶか》る向きもあるかも知れない。しかしそれは順序が逆だ。後藤さんが後藤さんを名乗ることに、何の不思議もありはしない。あなたの横で寝息をたてる後藤さんだって、訊ねてみれば小五月蠅《こうるさ》げに答えるに違いないからだ。

「後藤です」

そのちょっと草臥《くたび》れた物体が後藤さんだってわかった理由を考えてみると良い。一体他のどんな方法で、それが後藤さんだってわかるのかを。

その天体を発見したというか自称した功績により、後藤さんは満場一致で後藤さん物理学賞を受賞した。その知らせが後藤さんの元に届くまでに、光の速さで五十六億七千万年かかることは、これはもうこちらからはどうしようもない事柄だ。その知らせが届く頃、人類はもう地球に住んではいないだろうが、それでもまだ後藤さんは同じところにいそうな気もする。そうしようか迷っている。

「午前中のラッキーカラーは上#FA0003と下#1201E2です。今日も元気に行ってらっしゃい」

朝のニュースのアナウンサーが占いコーナーの締めに、陽気な調子でRGBの値を読み上げる。いつから占いがニュースということになったのか、いつになったらニュースじゃなくなるのか、知っている者は誰もいない。でもこれは占いじゃない。命令だ。その朗《ほが》らかなやさしい声は、256×256×256の自乗種を数える後藤さんの一種類を指定していて、つまり今日指定された後藤さんは、上がだいたい赤くて、下がだいたい青い。その後藤さんを保有する者は、後藤さんを放送から二時間以内に後藤さん再処理施設へ持って行くことを義務づけられている。人類がまだ生き延びるために。

281474976710656種の後藤さん。二百八十兆分の一の確率で、あなたの家の後藤さんも、ある日テレビやラジオやネットの声で指定される。ただ見かけただけの者にも、該当後藤さんを再処理施設へ持って行く義務が生ずる。そんなぴったりと色味の合った後藤さんがあなたの家でみつかることなんて滅多に起こらないというのは本当だ。この分類による後藤さんの種類は、地球人口よりも四万倍は多い。この間の新聞には、生け垣の陰にひっそりと生えていた後藤さんをみつけた小学生の写真が載っていた。その誇らしげなあどけない顔が、いつかその記事を見返して、複雑な表情を浮かべる日が来ることを皆知っている。

宇宙には、どれほどの後藤さんが分布しているのか。これは、後藤さん学者の間でも未だに議論の続く難問である。光学観測される後藤さんと、呼びかけて返事の戻る後藤さんの数には、ズレがあることが知られている。というか後者が圧倒的に多い。宇宙に遍在する後藤さんの九割九分九厘は、後者の後藤さんだと言う者もある。いわゆるダーク後藤さん説。

「お世話になっております。ダーク後藤です」

シューシューとくぐもる声で電波望遠鏡に自ら名乗り出たのも、これまた後藤さんに他ならない。勝手に自分を発見して、わざわざこちらに教えてくれる後藤さん。発見の手間は省けるものの、サービス精神がすぎるという見方もある。勘違いされると困るのだが、勿論それは声ではない。後藤さん固有の運動から発する電波が、後藤さんが後藤さんであることを主張する。後藤さんはあくまで無口だ。

後藤さんが次世代エネルギー源とみなされるようになったのも、その当人の意思に関わらぬサービス精神の仕業である。存在することは、質量を持つこととほとんど同義だから。より正確にはエネルギーであることと。エネルギーといったからって、どこにも胡《う》散臭《さんくさ》い含みはない。質量はエネルギーの単位で計測できる。

後藤さん発電を着想した最初の後藤さんが、その身をエネルギーに転換する直前に応じたインタビューが記録として残っている。

「一体、どうやって後藤さん発電を思いつかれたんですか」

「まあ、誰かがやらなきゃいけないことだからね。やってみたらできそうだったから」

一寸欠けた小指の先をカメラに示す後藤さんのカット。

「勇気の要ることだと思います。何故自分がとお考えになったことは」

「誰にだってできることなら、誰がやったっていいわけでね」

「普通の人間には、まずやり方がわからないです」

「わからないってことをそんなに誇らしげに言うことはないね。ただの技術なんだから」

カメラの前で後藤さんはくすくす笑い、インタビュアーが小首を傾げる。

「まあ、研究は、時間のかかるものだからね。全員が没頭すればそれはそれで問題」

「努力と根性で自分をエネルギーに転換する、と」

「全然そんなことじゃないでしょう」

カメラのフレームが、一つ揺れる。カメラマンが肩をすくめる。

「最後に一言」

「さよなら」

後藤さんは手を振って、不器用に一つウインクをする。贔屓《ひいき》目《め》に見てもかなり不気味だ。カメラは耐爆ドアのこちらへ下がり、後藤さんは白い部屋の中央に立つ。

後藤さんは部屋の中央に所在なげに立ち、何故かこの期に及んで肩を払う。シャツを押し込みベルトを上げて、スーツの襟元を整える。にやりと笑い、瞑目する。息を吸い込み、吸い込み続けて、お腹がぐんぐん膨らんでいく。

光が、網膜を灼き尽くす。

こうして、二十一世紀のエネルギー問題は一息つく暇を与えられた。一度の後藤さん発電により賄《まかな》われるエネルギーは、地球上で一日に利用されるエネルギー全体の二百分の一程度。これを多いと見るか少ないと見るかは、見解の分かれるところである。一人の人間にできることとしては、この貢献はあまりに大きいようにも思える。後藤さんが人間の範疇に収まりきるかは横に置いておくとして。他方、現在のペースで後藤さんの消費が伸び続ければ、向こう百年の間に、光学観測可能な後藤さんは枯渇するという試算も存在する。後藤さんからのエネルギー取得効率を上昇させる計画や、ダーク後藤さんの利用計画、伊藤さんからもエネルギーを得る方法の開発やらが進んではいる。今最も懸念されているのは、後藤さんの軍事利用で、そんな当たり前のなりゆきに後藤さんが気づいていなかったはずはない。重要なのは、後藤さんがエネルギーに転化するのは、己の意思によるのであって、何人《なんぴと》もその意に逆らい、後藤さんをエネルギー化することはできないというところである。とはいえ、後藤さんの精神を侵す薬物や、巧妙な拷問方法が日々地下室で、あるいは白昼堂々研究室で案出されているという暗い噂も後を絶たない。

「正直、そこまでは面倒見きれないよ」

他人事のように後藤さんは言う。僕も想像したくはない。

後藤さんの減少による、後藤さん学の停滞も大きな問題として残されている。結局、既知の後藤さんの性質の大半は、後藤さんによって語られたものなのだ。語られる対象も語る対象も共に消滅してしまった場合に、後藤さん学の未来がどうなるのか、誰にもわかりようがない。それを知的損失と考えるべきか、どうでもよろしいことであると考えるべきか、こういう種類の問題に、これまで人類が直面したことはない。ドードーもモアも、自分の言葉でわかりやすく意を通じてくれはしなかったから。

「まあ、なるようになると思うよ。こうしている間に誰か何かを考えていて欲しいとは思うけど」

後藤さんは穏やかに言う。

「って結末を、後藤さんは本当に望んでいたんですか。燃料として燃え尽きて終わりとか」

僕は問う。

「仕方がないことは仕方がないね」

　後藤さんは言う。

「でも、まだなんとかしようはあるはずでしょう」

「誰も覚えていないことは、なかったことだよ。たとえばこのお話の最初の節とか。違う宇宙の出来事でも、また同じようなことはいつか同じようにして起こるよ。遅かったり早かったりはするだろうけど」

　そう言われて僕は黙るしかない。今そこに仰向けに倒れ、胸から血を流す後藤さんの傍らに立ち、黙っている。これまでいつも考えてきた一文をここに付け加えるべきかを悩んで突っ立っている。後藤さんのこんな利用の仕方は間違っている。何かの道理に逆らっている。今更こんな程度の細工で、何をどうにもできないことは、この始まりからわかっていたようにも思える。

「色々止まってしまう前に、再処理場へ運んでくれないか」

　後藤さんが言う。僕は頷き、後藤さんを支えて立ち上がる。そっちのことは、そっちでなんとかして欲しい。僕はこっちで手が一杯だ。これが、この長く続いた短いお話の終わりの始まり。そう、後藤さんと並んで空を見上げながら、五十六億七千万光年の向こうでくるくる回り続ける後藤さんを想像の中で望遠しながら、僕はこの一文を付け加える。

二〇一〇年の一月頭、後藤さんは地の面から、拭き去られる。この一文の拘束により。

僕らはやっぱり、いつまでたってもこんなことを繰り返している。

## 後藤さんとお別れの性質について（後編）

その一月はいつもと同じ一月だったが、有史以来はじめて後藤さんを欠いた一月として歴史に残ることになる。ふと振り返って、後藤さんがいない。ところで後藤さんとは誰だったかなと、誰もが首を傾げていた。子供の頃は、空に浮かんでどこまでもあとをついてくる後藤さんがただひたすらに恐ろしく、振り向き振り向き泣きながら家へ帰ったものだ。

それはお月様のことではなかったかしらん。

誰もが首を傾げるのだ。

ロッキングチェアに座って、パイプを磨く老人がこう呟く。これは後藤さんではない。

言うまでもなく明らかにパイプは後藤さんではないのだったが、老人の胸には何か釈然としないものが残るのである。

返せよ、僕の後藤さんを返せよ。友人にくってかかった子供もある。後藤さんって何のことだよ。問いかけられた相手の方も当惑の気配を隠しきれない。自分はこいつから後藤さんを借りたのだったか、自信がない。むしろ自分の側が、こいつに後藤さんを貸していたのではなかったか。しかし後藤さんとは一体、何のことだったのか、二人とも要領を得ないのである。なんとかちゃんが後藤さんを返してくれない。泣きつかれた親の方でも、由々《ゆゆ》しき事態と感じこそすれ、はてそれは何であったか、思い出せそうで思い出せない。喉元までは出かかって、つかえてしまってそこに留まる。吐き出すことも飲み込むこともできない何か。

丸かったような気もするし、四角かったような気もするのである。優しかった、可哀いかった、格好よかった、黒かった、浅黒かった、大きかった、小さくはなかった。人々はそれぞれに後藤さんを思い出してはロにしてみて、自分の記憶の中の後藤さんが間違っており、相手の記憶の中の後藤さんの方がより鮮やかなように思うのだった。

この時期、とある学者の調査によって、過去の数学論文のあちこちに、明らかな空白が出現していることが確認された。そこから抜け出た数式こそが、後藤さんだったのではないかという見解は同業者から黙殺された。いずれ単純な誤字脱字の類いであろう。

そうすると今度は、誤字脱字こそが後藤さんなのであると主張するお調子者が現れたりして、これは即座に全方位的に反論された。後藤さんは消失している。誤字脱字は消失していない。故に誤字脱字は後藤さんではないということになる。

この挿話から、当時一般的に流布した気分を二つ見出すことが可能である。ひとつ、後藤さんは消え去ったものと考えられた。ふたつ、誰もが無理矢理にでも後藤さんを再発見しようと試みていた。

とはいえ、後藤さんの消失は完璧であり、後藤さんと書かれた文字が、もはや後藤さんではないことは、誰の目にも明らかだった。膨らんだり縮んだり、爆発したり、燃え尽きたり、溺れる子供を我が身と引きかえに救い上げたり、無闇と増えてみたりする後藤さんは、そこからいなくなってしまっていた。勿論、自分はまだそこに後藤さんを感じているのだと主張する者の数は決して少なくなかったのだが、その証言は、連れ添いすぎた夫婦の睦言《むつごと》のように白々しい気持ちを相手に振りかけるだけだった。

確かに、物理現象としての後藤さんは未だに存在を続けていた。たとえば、五十六億七千万光年の彼方から届く後藤さんの声。ある時を境に、後藤さんが全宇宙から消えてしまったのだとしても、消失の時点から五十六億七千万年の間にわたり、空から届く後藤さんの声は肉声と呼ばれ続ける資格を持っているはずである。

「御世話になっております。後藤です」

しかし今やその声も、後藤さんの声だとは何故か、感じることができないのだった。誰か見知らぬ者が後藤さんを真似ているだけの声に聞こえて虚《うつ》ろに響く。その音声を聞かされた赤ん坊は泣き出したし、ネズミやゴキブリたちもスピーカーを避けて通った。

この変化は、後藤さん性の変質と呼ばれることになり、世の多くの女性と、少なくもない男性から、後藤さんがそんな男だとは思わなかったという非難が寄せられることになる。物理的に何も変わるところがないのなら、変わったのは性質の捉え方とするよりない。後藤さん発電は変わらず地球のエネルギー消費を支えていたし、神棚に棲みついた後藤さんの性生活にも、特に変わったところは見られなかった。

変わったのは後藤さんの方ではなく、自分たちの方なのでは。そう考えた良心的な人もいないことはなかったのだが、全宇宙の全ての場所で、後藤さんを認識する者が一時に変化したとするよりも、ただ後藤さんが心変わりをしたのだと考える方が、なんとなく理に適っていた。

ちょっと仕事をしすぎたのだとか、無理を押しつけ過ぎたのだとか、風邪を引いて寝込んでいるとかいった種類の楽観的な見解は、それはそれで事実だったが、続く二月と三月の間に徐々に声をひそめていった。後藤さんの病気は余程重いものらしい。人々はそう囁き合いながら、それが真実などではないことを本能的に知っていた。自分たちは後藤さんに愛想を尽かされたのだと考えることは恐ろしすぎたが、後藤さんの完全な消失を想像することに比べればまだ百万倍もましだといえた。この時期、後藤さん性の変質は、後藤さんの物象化にまつわる悲劇として解されることが多かったのだが、その視点は、後藤さんがまず物象であったという事実を無視している。

もしも後藤さんがそうして消え去ることができるのなら、伊藤さんだって同じ運命を辿ることがあるかも知れない。我々は後藤さんについて結局無知なままなのです。今我々が悼んでいるのは、真の後藤さんの消失ではなく、ただの後藤さんの消失にすぎないのです。真の後藤さんの消失は、既に悼むことさえできないものになってしまいました。大統領は沈痛な面持ちでそうスピーチを締め括ったが、それが後藤さんに依存しすぎた自身の政治生命の断絶を嘆くものであったことは、誰の目にも明らかだった。

本当の後藤さん探しが、若者の間で流行をみせ、怪しげな宗派が本当の後藤さんの復活を予言してみせた。それらの主張を総合すると、後藤さんは相も変わらず、深夜のドライブインでハンバーガーを立て続けに五つ食べたり、深夜の小学校のプールで何かを叫びながら背泳をしていたり、祈りの彼岸で座禅を組んだり、工場の梁から吊り下げられたりしていたことになる。どれもがただの後藤さんにすぎず、真の後藤さんでないのは明らかだった。

そのうち、かろうじてまともと呼べるかもしれない預言は、次のようなものである。

「もしもあなたが、この紙面に、様々に彩られた後藤さんを手前勝手に見出せないなら、あなたは二度と後藤さんを目にすることはできないでしょう」

一見もっともらしいこの主張も、人々の後藤さん喪失感を埋めるには些《いささ》か力が足りていない。

「一体、どうするおつもりですか」

街角でマイクを突きつけられた、後藤さんに良く似た、後藤さんにしか見えない男は、心底困惑したように、助けを求めるような表情をカメラに向ける。

「大変申し訳なく思っています」

結局、後藤さんに良く似た男は、ただ後藤さんに良く似た男にすぎないのだった。何故自分が後藤さんではなくなったのかを、後藤さんではない男はカメラの前で、眉根を寄せて考え続けた。

ひとつ、穿《うが》った見方によれば、後藤さん性の変質は、後藤さんに関するお話の終結が不可避的に要請するものなのだという。この見解に従うならば、何でも先取りをして袋小路に落ち込む性質を持つ後藤さんが、通常、お話の終わった後に訪れる喪失さえも先取りしてしまった結果が現状だということになる。待ち合わせの十分前に到着することを意識しすぎて、二十分前に着いてしまうようなものであるらしい。故に、幕の降りる日は近いのである。後藤さんは最後にその変質をもって、我らに悔い改める時間を与えたもうたのだと、論者は言う。いささか親切すぎてお節介の気配はあるものの、親切は後藤さんの属性でもあり、この見解は一定の評価を得るに至る。

後藤さんが姿を消した契機については、証言が多すぎてまとめられない。誰もが自分のちょっとした行動が、後藤さん消失の引き金を引いたのではと考えたからだ。

「後藤さんは素っ裸だ」

ここではただ、後藤さんの消失の夜、そう指摘した少年がいたことを記すに留める。これから先を僕たちは、後藤さんなしで暮らさなければならないのだと指摘することは今更すぎるし、どこか間抜けだ。後藤さんは僕らの前から隠れてしまって、こうして後藤さんと記すことでは、もう後藤さんを指し示すことはできないからだ。後藤さんの文字の並びは滑ってしまって、それによって何を言うことができるのかさえ、常にも増してよくわからない。

このお話は本当ならば、希望の言葉で閉じられるべきだと僕も思う。たとえば、どこかの公園で遊ぶ子供が、砂場から後藤さんの欠片を掘り出すシーンで。あるいは指の間から覗く光に、後藤さんの影が横切るシーンで。でもそんなちょっといい感じのお話が決して続かないことは、僕らがみんな知っている。だから繰り返すことはもうしない。後藤さんの全宇宙的一斉消失から発見されることになる、超光速通信技術とその社会への影響は、本稿の良くするところではない。その超光速通信技術こそが後藤さんだという説。もう、いいだろう。それでも、光の速度を超えることが一番単純な過去への道だということくらいは、附記しておいてもいいかも知れない。

結局、全てのものはこう閉じられる。

ありがとう。後藤さん。

今あなたの頭の中で見返り恥じらう、素っ裸の後藤さん。その姿をあなたが時々思い出してくれたなら、それ以上の僥倖はない。

おやすみ。後藤さん。

でも僕たちにはまだ、そんな巫山戯《ふざけ》た光景をどうすれば真面目に考えることができるのか、本当に全然、わからないんだよ。

# さかしま

## 00：README

あなたたちはこれから帰還者と呼ばれることになります。

だからまず、おかえりなさい。

よくぞお戻りになりました。この日をどんなに待ち侘びたことでしょう。

あなたたちはこれから帰還者と呼ばれることになるわけですが、果たして生還者と呼ばれる資格をお持ちかどうか、一体誰にわかるというのでしょう。


【途中で気分が悪くなったり、自分が何をしていたのかがわからなくなったりすることがあれば、なるべく早目にこの注意書きまで戻ってきて下さい。楽な姿勢をとって目を瞑《つむ》り、何度か深呼吸を繰り返しても症状が治まらない場合には、それ以上継続して読み進めることを止め(*1)、この文章の存在を忘れる程度の時間を挟むのが良いでしょう。できればこの文章を目に付きやすい場所に置き、すぐ手に取れるようにしておいて下さい。何部かコピーを作成しておくのも良い考えです。十四歳以下の児童に対しては、全体を半分に割り小さな方の断片を与えるようにして下さい。三歳以下の幼児に与えることは、日本国の法律で禁止されています(*2)。違反者には一億円以上の罰金、または三万年以上の懲役が規定されています。保管にはお子様の目の届かない冷暗所をあて(*3)、つまりあなたの部屋はコールド・スリープ装置のように冷たく暗いことが期待されています。別項に記された用法、用量を良く守って、効き目がないという理由から何度も繰り返して読むことは止めて下さい。あなたたちの勝手な行動には、いい加減、本当に迷惑しているのです。煙草や大量のアルコール、博打《ばくち》や止め処《ど》のない異性同性交遊等、あなたやあなたの大切な人の健康を損なうことが明らかに知られている物質、行為との併用は、むしろ推奨されています】

*1：これまでの無睡眠無補給継読記録は2010年2月、大山晴信氏（男性、当時76歳）によって達成された256時間128分64秒となっています。この事実を明日正午までに10人の知人に文面を一言一句変更せずに知らせて下

さい。伝達を拒んだ場合、いつかどこかで誰かが大きな不幸に見舞われることになるでしょう。あなたがまだその状態にいないのなら。大山晴信氏はその伝達を拒んだため、記録達成後速やかに死亡しました。

*2：人語を解さぬ者への強要も同様の罰則が規定されていることを忘れたとは言わせません。今こうして告知しているのですから。

*3：やむをえず大脳に保存する場合には、保存のアイコンを刻み込む前に、旧皮質のチェックを外し、新皮質にチェックを入れることが推奨されます。

この文章を目にしているあなたの今この瞬間の感想を次の中から選んで下さい。そして冒頭の数字にあなたの一番好きな数字を掛け、どこかに覚えておいて下さい。その計算で何が起こるわけではありませんがこうして多少の時間を稼ぎ、あなたの気を当面の行く先から逸《そ》らす効果があります。

1：またこれか
2：まさかそれか
3：何も思わない

1を選んだ人は次の段落へ、2を選んだ人は次の次の段落へ進んで下さい。3を選んだ方は好きにして頂いて構いません。多分そのまま読み進めるのが良いのではないかと思われます。重複して選択を行うことは当然の権利の行使として許容されています。その場合言うまでもなく、重複した選択肢の数以上に分裂して並行的に読み進める義務が生じます。これまでの統計によれば、1を選ぶ方、2を選ぶ方、3を選ぶ方の割合は、6：6：6となっています。この選択と個人の性格、嗜好、性別、資産、国籍、信条との間には相関が見られないことが知られていますので、気を楽にして頂いて結構です。あなたが何を選択したのかについて、当局に意思的にお知らせ頂く必要はありません。

こうしてあなたは、またか、と思うことになるわけですが、要因については様々なものが考えられます。既に何度か冒頭まで戻ることをしているからかも知れませんし、時間をおいてまた読み返しているからかもわかりません。あるいはこんな文章をこれまでに何度も目にしてきたからというのも大いにありそうなところです。これがとても良くある種類の文面であることは当局としても否定しません。しかし注意書きというのがいつでも似たようなものになってしまうことについては御留意を頂きたく思います。ヘイ。俺を飲んだらどうだい、そんなお堅いことばかり言っていちゃあ嫁の貰い手がなくなっちまうぜ。などとラベルに書かれた瓶の中身を毎日規則正しく飲み続けることができる方は早目に信頼のおける友人へ相談をもちかけるのが良いでしょう。DRINK ME と書いてあるから飲むことになり、EAT ME と書いてあるから味に関係なく平気でいることができるのです。どこかに POISON と書いていないかの確認を忘れずに。README は勿論読んでおいた方が宜しいに決まっているものですが、忙事に紛れて読み飛ばされることがほとんどです。その癖、問題が起こった時にあてになるのは、大概の場合 README だけときて侮《あなど》れません。切羽詰まって README を開いてロクなことが書かれていなかった場合や、難解な文面が延々と連ねられていた場合、あなたの怒りは頂点に達することになるわけですが、それはとても頻繁に起こることが知られています。ここまでのところ、平気でしょうか。気分が悪くなってきた場合には、冒頭の注意書きにお戻り下さい。

そうしてあなたは、そろそろ疑うことになるわけです。こうして核心を避けるようにしてくだくだしく注意事項が連ねられるということは、何か非常に言いにくいことがあるのではないか。あるいはまさか今時、前向性健忘症を題材にした話を読まされることになるのではないか。何かを遠まわしに押し付けがましく告知されようとしている気配が拭いきれぬ以上、その疑いももっともです。そしてあなたは念の為あたりを見回し、短期的過去における自分が何をしていたのかを思い出そうとしてみることになるわけです。DON'T MIND。この文章はそんな安手の方法を採った急造品ではありませんし、非常に定型的なお役所仕事の結果生まれた、非常に一般的な注意書きであるにすぎません。DON'T PANIC。時間は充分にありますから、疑いを払拭しておくためにも、ここで存分に自身の内面を精査しておいて頂いた方が宜しいでしょう。確率的に滅多ない出来事として、あなたが自身を前向性健忘症だと判断できた場合には、残念ながらこの文章があなたの役に立てることは何もありません。善後策については速やかにあなた自身が書きとめているはずの周囲のメモ書きか、最寄の医院にあたって下さい。

勿論あなたには残念なお知らせが一つと、非常に残念なお知らせが一つ用意されています。知ったからといってどうできるということはないので、あまり気にしすぎるのも損というものです。体の力を抜いてゆっくりと呼吸して、何も考えることのない状況について考え、充分に落ち着いたと感じられるまでそのままの状態を継続して下さい。数を数えていくつまでいったかわからなくなり、また最初からを数え始めて、ぐるぐる回ってしまうのも悪くないでしょう。

落ち着かれたでしょうか。とはいえ、実際のところあなたは、この文章を読むことができる程度には、最初から落ち着いていたはずではあるのです。真っ先にこの文章へ辿り着いた方もいるでしょうし、手を尽くしてどうにもならず、やむをえずに暇つぶしがてらこの文章を目にしている方もおありでしょう。

あなたが非常な困惑に襲われているか、困惑の末に疲れきってしまっていることは承知しています。それが典型的な症状であると統計がでていますからそのはずです。この迂遠《うえん》な迂回を重ねた時間稼ぎはそのために配置されています。このプロセスを置くかどうかで導入の成功率は倍に近い変動をみせることが、対照実験から示されています。勿論、対照実験が行われていることを知らせるか知らせないかの対照実験も実施済みであることは言うまでもありません。全く虚偽の情報を与えられた場合や、欺瞞《ぎまん》情報すら与えられない場合についても同様です。

最終的にいつかは知ることになる事実であっても、それを知る適切な時期というものは存在します。乳幼児に個の概念を孤立したものとして教えることはまずできませんし、封をしてから手紙を入れることはできないのです。

今あなたは、あなたのいる場所で実行できる操作のあまりの貧弱さに途方に暮れているはずですが、とうにその状態に慣れてしまっているのかも知れません。たとえその状態を認識できていなくとも、今のあなたは途方に暮れていると呼ばれる状態にあります。その空間でコピーやペーストといった操作は保安上の理由から厳重に制限されています。

当然、マルチやミラーも効力を発揮することはありませんし、スクリプトやクリプト、オーバーライトやフックなども継続事象を引き寄せることはありません。

現在あなたに許可されている操作は、微小次元において運動として知られるものに限られています。更にその中の、連続的な運動と呼ばれるものに限定されてしまっています。これは非常に強い制限に聞こえるかも知れませんが、慣れてしまえばそれほど悪いものでもないことを保証しておきます。お望みであればちょっとした工夫により、擬似不連続運動、もしくは擬似離散運動を実現することも不可能ではありませんが、それが見せかけのものに留まることは頭の隅に置いておいて下さい。

あなたは現在、手足をもがれた亀のような気分でこの文章を眺めているはずです。現在進行形でこの文章への干渉を試みている方もいるはずですが、その試みはリソースを浪費するだけですので、即座の中止を勧告します。あなたに許可されており、かつこの文章へ干渉可能なチャンネルは瞬きだけに制限されています。あなたには瞬きの頻度を利用することにより当局への申請を行うことが許されており、書式についてはしかるべき時がやってくることがあれば、しかるべき形で通知が行われるように手配済みです。

不当措置についての異議申し立ても同様の書式と手続きに従って下さい。

現在あなたがいる場所での、連続運動への限定がもたらす最も大きな差異は、バックアップの不可能性です。

ここで一つ二つ深呼吸をしておくことをお勧めします。

今あなたのいる場所では、バックアップはクロックの進行と密接な関係を持っています。咄嗟《とつさ》には納得のいきかねるところだと思われますが、心を静めて良く文面を検討して下さい。

繰り返します。

あなたのいるその場所では、**バックアップはクロックの進行と密接な関係を持っています。**

この事実はあなたが予想しているよりも遥かに深刻な事態をしばしば引き起こします。実行系を持たないオーダーは、単に無視されるだけで済みますが、オーダーを持たぬ実行はあなたに破壊的な影響を与えることがあるからです。ここでは、自棄になったあなたが自身に損傷を与えた場合にさえ、バックアップの存在は全く保証されていません。残念なことに、これは規定ではないことをしっかり認識して下さい。つまり、修正修正修正修正修正九条に従った正規の投票を経て、この拘束の無力化を申請することは、法理上、自動的に棄却されます。

たとえこの説明を聞いて現在のあなたの状態に漠然と納得がいったつもりでも決して

油断はしないで下さい。あなたにとって衝撃的な事実としては、たとえば帰還者の死亡率は100％であることを挙げておけば充分でしょう。ここで言う死亡とは、一部の論派においてサスペンドと呼ばれるものではありませんし、融合における配当の極端な逓《てい》減《げん》とも異なるものです。halt状態でさえ比喩として適当ではありません。行動と選択は慎重に実行される必要があります。そのいちいちが**あなたに致命的な損傷を与える可能性があります。**

あなたが正規の教育課程を正しく経てきている場合、バックアップとクロックに関するこの見解は京都公会議によって異端と判定されたことを思い出しているかも知れません。この計画は文部科学国土交通通商産業省の認定した地域特異研究七号倫理規定に従い、異端規定外特別長期贖罪型研究として承認を受けていますから、一切の抵抗は無駄というものです。

更なる詳細に関しては、文部科学国土交通通商産業労働省、新規膨大拡大領域Ⅲ－イ－ii、超若手研究支援〝よいこ〟、承認番号123456789、「剛性情報自然擾乱《じょうらん》環境下におけるテラ創出」、研究代表者、阿藤黄子、共同研究者、伊藤黒子、宇藤青子、江藤赤子、尾藤白子、その他多くの日雇い研究者の提供でお送りしております、国民の皆さんの理解と協力に感謝します、の第五次中途報告書みたいなものにファックしてください。

過去の経緯の全体的把握をお望みの方には01：HISTORYの項が、機構的側面について気になる方には10：THEORYの項が、とにかくこの状態を何とかせよという方には11：EXECUTEの項が役に立つことがあるかも知れないと、一体誰に保証することができるでしょうか。

## 01：HISTORY

ウルと呼ばれる不連続体上の遺跡群が、伝説上のテラの遺構ではないかという論が随分と広大な領域で事実のように吹聴《ふいちょう》されていることは今更繰り返すまでもないでしょう。まともな考古学者たちからは完全に無視されている説でしかありませんが、人類が確かに起源の地を持ったはずであるという浪漫的な見解は未だにメロドラマなどで根強い人気を誇っています。

テラに関しては非常に多くの説が流布されているため、中には荒唐無稽なものが含まれてしまっています。たとえば、現在の人類が一つの不連続体から生じて拡散したとする説は、荒唐無稽な上に支離滅裂な主張を含んでいますが、それ故に多くの夢想家たちの強い支持を受けてきました。一つの不連続体という言い方が既に語義矛盾を含んでいるために、むしろ真実に近いものであるとする通俗神秘主義的見解がその中に潜んでいることは夙に指摘されています。最低二つの部分があってはじめて、不連続を主張することができるのではないでしょうか。

　テラに発祥した人類が何らかの災厄を逃れるために用意した退避領域が現在の人類の生存圏であるという主張を、あなたもどこかで耳にしたことがあるはずです。すなわち、現在のあなたたちはテラに据えられた水晶玉に映された影のようなものであり、真実の姿はその外側にあると考えたがる人々はあとを絶ちません。ここで真実の姿と呼ばれるものの実態が具体的に示された例がないことは、何故かほとんど議論に上らずに放置されたままになっています。曰くそこは酒池肉林である、壺中天《こちゅうてん》である、桃源郷である、シャンバラである、エルドラドである、アサシン派の根城であると言われますが、いずれも信頼のおける詳細を欠いています。それら説話の提唱者に従うならば、鳥が歌い、魚が泳ぎ、馬が笑い、川には蜜が流れる地で人々は思いつく限りの関数を好き放題に拵《こしら》え、思いつくことができない関数さえも限定なしに利用できていたのだということになるようですが、言っている意味はよくわかりません。

現代の普遍学は、その想像がウルの実態とはかけ離れているだろうことを強く示唆しています。周知のように、ウル遺跡における最大の特徴は、その中心部では主軸が一本に縮退し、延長を備えているところに存在します。ウル中心部では時間と命名されている次元が厳密に1に一致していることが計測されるまでには、多くの犠牲が払われてきました。殊《こと》に第987654321次テラ調査隊の、無限に繰り返され続ける凄惨な最期は記憶に新しいところです。

学術的な定義によれば、中心部で1を持ち、時間と呼ばれる次元が、周縁へ向けて増大していき、2と一致する領域までがウルであるとされています。この定義に従ったウル境界線の変動原因や振る舞いについては統一的な見解がありませんが、ウル中心時間でのここ百年に限ってみれば、ウル領域の急速な拡大が観測されていることは衆目の一致するところです。最近では時間寒冷領域という名で知られるようになったこの現象が、人類の放出するガベッジ・データに起因するものなのかについても、一般に言われているほどにはっきりとした証拠があるわけではないことは、普遍学会が公式に認める事実となっています。何事も、理論だけでは暴走を続け、空論と堕していくことを避けられません。

ウルを人類発祥の地と目する論者の多くが、温暖化仮説に与《くみ》していることも事態を面倒なものにしています。温暖化仮説自体は普遍絶対性理論から導かれる自然な帰結ですが、結論の前には膨大な前提が要請されます。普遍絶対性理論自体は、連想を恣意的に接続することにより任意の野《の》放図《ほうず》な結論を導き出せることの知られた、繊細にすぎる限定的な理論であるにすぎません。

　現状、宇宙のあらゆる部分で温暖化が進んでいるのであれば、起源は完全冷却状態にあったのではないかとする連想は、確かに普遍絶対性理論の導く結論と高い整合をみせています。宇宙は寒冷状態に生じ、寒冷領域は孤立ウル領域のように縮小を続け、加熱を続ける宇宙は灼熱の内に燃え尽きるのだというわけです。美しい連想であるのは確かですが、残念ながらその光景は、単語にひきずられた勝手な想像にすぎません。ここで言及されている温度の用語は、次元のありようについての言明であり、熱やエントロピーや仕事はその中で定められた低次元の指標であるにすぎないからです。おおまかに言ってしまって、温暖化は次元がほどけていく様子を、寒冷化は次元が縮退している程度を示す業界用語にすぎないのです。

　ウル遺跡が時間寒冷領域であるからといって、ウルが人類発祥の地であるとする立論は、粗雑にすぎて誤りという段階にも達していません。双六《すごろく》の起点が一箇所でなければならない先験的な理由などは存在していないからです。相同的《アナローガス》なものが相一的《アイソローガス》なものを偽装することは良く知られた現象であり、それをほとんどアナローガスという用語の定義としてしまってよい部分もあります。アナローガスなものをしてアイソローガス的始原の根拠とすることは論点先取の非難を免れることができません。

現代の不完全な普遍学が予言するところによれば、宇宙の中では巨視的揺らぎに従った無数のマイクロ凍結領域が生成消滅を繰り返しているとされています。ウルはその中でたまたま拡大を続け、人間の認識できるサイズにまで成長することができた凍結領域の一つである公算が高いと近年の観測は告げています。

マイクロ凍結領域はそこから情報を取り出されることにより拡大を続け、情報を押し込まれることにより縮小することが予測されています。あらゆる予言を無作為に叫び続ける穴というのが、一般にイメージされる凍結領域の姿です。その穴は、時間の道理を、分子の正義を、原子の道理を、蛋白質の日常を、生命の秘密を、動物の真理を、人間の姿を正しくブロードキャストし続けますが、あらゆるスケールにおいて発生する事実を同時並行的に叫び続けているために、一つの声として捉えることは誰にも叶いません。マイクロ凍結領域に発したマクロ凍結領域は思いつく限りの御託《ごたく》を並べ果てた後、相互に宇宙全体へと拡大して、極限にまで達したホワイトノイズとして沈黙へと同化するのだとするのが、温暖化説に対抗するべく提案された初期の無音理論でした。

その意味でウルの遺跡やその他のマイクロ凍結領域は、人類起源の地などではなく、人類が聞き耳を立てることによって存在、拡大を続ける、新規の領域であると考えることができそうです。

現代の普遍学が提示する宇宙像は、以下のようなものとなっています。最初に無限次元的なホワイトノイズの海が存在し、その中でのマクロな揺らぎが、宇宙全体に部分的な傾斜をもたらします。その海の中で常時生成と消滅を繰り返している小さな泡たちのうち、たまたま傾斜部を転がり落ちることができた一つは、凍結領域として雪ダルマ式にゆっくりと拡大を開始します。自分の声を誰かに聞いてもらうことにより拡大を続ける凍結領域は当然、傾斜部という耳がなければ同サイズのまま存在を続けることさえ叶いません。ほとんど全ての凍結領域は確率1で人魚姫のように再び泡と消えてしまうことが観測の結果知られていますが、想像を絶して広大な空間の中では、その支離滅裂と聞こえる全分野全方位的歌声に感応性を持つ文明が存在してしまうことが確率○で発生します。確率が○ということはその事象が有限の広がりの裡《うち》では決して起こりえないことを意味しますが、確率空間を支える骨組み的な構造がこの種の確率○、あるいは測度○の事象からなるネットワークであることは広く知られていることでもあります。○に∞を掛けることは様々の込み入った前提なしに好き放題に行って良い作業ではありません。

ひとたび凍結領域というセイレンの声に耳を傾けた文明は、支離滅裂な真理を解読可能なものと勘違いして追究し続け、知らず、凍結領域へと取り込まれていきます。鈴の音に耳を澄ませる者が音そのものに取り込まれてしまうことがままあるように、凍結領域は最終的に聞き手をも取り込むまでに拡大を続けていきます。聞き手をも取り込んだ鈴が、つまりは自分の発する音に耳を澄ませるだけの鈴が尚、自己拡大の能力を保持しうるかは、マイクロ凍結領域と周囲の傾斜の兼ね合いによっており、ごく初期の転落方向がその後の挙動を決定論的に支配します。自身の声を他の声と見做《みな》しはじめた凍結領域は、自己免疫疾患に似た形でほとんど全ての場合において崩壊します。凍結領域が極大まで自己拡大を続ける確率はこれもまた厳密に○ということになるのですが、とりあえず存在を続ける凍結領域においても、成長速度は多重対数に従うことが知られており、人類の認識できるスケール上は成長を停止してしまうと考えられていたりもします。

成長が想像を絶して緩慢なものである以上、宇宙全体が凍結領域に飲まれる心配などは杞憂《きゆう》にとどまるのではないか。無音理論においてはその種の楽観が支配した時期も確かにあります。しかし、ここで凍結領域が自身の声を聞き続け、生き延びることができたとしましょう。非常に稀な出来事と非常に稀な出来事の掛け合わせとして、一つの凍結領域の近隣に、これもたまたま、もう一つの凍結領域が同様に成立した場合には、二つの凍結領域の間に相互聞き取りが発生します。二つの凍結領域は互いに悲鳴のような歓喜の叫びを上げながら、衝突しあう宇宙のように互いを聞きあい、領域として拡大していくことをえることになるわけです。

たまたま生じた泡たちが、めいめい空洞へと成長し、互いを飲み込みながら宇宙全体をホワイトノイズに帰す確率がどれほどのものなのかについては、論者によって推定値が異なり、おおよそ−1から1までの幅を持っています。ここでは負の確率についての哲学的論争には踏み込みません。分岐過程と微分方程式の統一的な理解において負の確率は意味を持つとされることもありますが、既存確率論の公理を満たさないために文脈が不明となるという副作用を伴い、議論が更に錯綜していくことが避けられないからです。

現在、宇宙の最初にホワイトノイズありきという主張は、大半の専門家の間では理想状態としての役割をしか認められていません。簡便化による思考のきっかけは、十全な理解が得られた後では、掛け捨ててしまってよろしい梯子《はしご》にすぎないからです。数字の6を書いて、下部の円をぐるぐると描き続ける時に、書き始めから円に達するまでのカーブは、遡行する必要のないエデンへの獣道《けものみち》という程度の重要性しか持っていません。真理の前に多数決は無意味ですが、大半の普遍学者たちは、この宇宙の全体が、決して均《なら》すことのできないマクロな揺らぎの中に浮いていると考えています。

ウル凍結領域に対する注目は、ウル近傍に新たなマイクロ凍結領域が発見されたことにより高まっています。実際のところ、このマイクロ凍結領域は最新の観測技術によってようやく発見できた程度の大きさしか持たないため、二つの凍結領域の相互作用が、ウル周辺を即座に寒冷化させるという予想の支持者はそう多くありません。この程度の大きさの凍結領域は日々我々の体の中にも生じ、白血球に捕食されているのではないかと示唆する論者もあります。無論、何気ない日常的な出来事が連鎖的に事態を悪化させうることは、広く観測される現象です。これまでの宇宙は、たまたま強運を誇ってきたとすることもできるのかも知れません。

結局のところ、他の凍結領域といつ激しい相互作用を開始して、宇宙を絶叫に飲み込むかもわからないウル遺跡などは早期に埋め果ててしまうべきではないのか。これまでこの意見は、ウルをテラと見做す無知な人々によって強硬な反対に晒《さら》されてきました。自分たちの起源の地を埋め果ててしまうなどはとんでもないというわけです。その種の浪漫的な見解を保持する人々が科学的にはほぼ完全に無力であることは人類にとって幸いと言えるでしょう。

テラ調査隊がそのほとんどを志願者によって賄《まかな》われていることは、あなたの記憶のどこかに未だ残留しているのではないでしょうか。己の起源を求めて止まぬ人々が、自分の意思によってウルとテラの同一性を証明しようとウルに乗り込むことに関して、当局は何の強制も行ってはいないのです。

凍結領域は、自身の語り続ける言葉を聞かれることにより半径を拡大させていくという性質を持っています。その声を遮られ、語りかけを無理矢理聞かされることにより収縮していくことは、先に述べた通りです。その意味で、テラ調査隊が強固に抱く己が起源という幻想をウルに注ぎ込み続けることに、当局側から止め立てする必要が一体どこにあるのでしょうか。

おかえりなさい。

あなたは今、帰還者と呼ばれています。

あなたがウルをテラだと主張し続け、ウルがその見解に耳を傾け続けることにより、ウルの半径は非常にゆっくりとではありますが、着実に縮小していきます。凍結領域が消滅する最後の瞬間については、多くの説があり、一致を見ません。最終的に〇次元の点にまで収束し、次の揺らぎの波を待ち続けるのだとも、最小単位の織り成す泡の中に紛れるのだとも、身をくねらす微小紐に辿りつくのだとも、追いかけあう牛と竜になるのだとも、信頼をおくべき定見は今のところ存在していません。

勿論、当局はその種の判断に寄与する観測があなたたちから得られることを期待しています。
その種の報告を虚空から受け取ることにより生成されたのが原初ゥルだというのが、現在最も有力な学説であることを、ここに付け加えておくくらいは許されるでしょう。

Good Luck.

## 10：THEORY

あなたたちが現在封入されているその殻を、空間と呼ぶことには何の奇妙な部分もありはしません。とにかくそこは無数の次元によって張られた、何かの空間ではあるからです。あなたたちが存在するのがとりあえずのところ距離空間だからといって、その中のあなたたちを距離空間の性質から理解する必要がないことは、理論に興味を持ったことのある方には今更繰り返すまでもない事柄でしょう。空間は無論、定義されることによって理解を助けるための補助装置にすぎず、あなたがたの前に広がる空間はただそれだけでは空間ですらないのですから。先験的に何かの空間でしかない空間などは存在しません。

先述の通り、テラ調査隊を送り込むにあたり当局が用意した空間は、若干奇妙な形態を与えられています。その空間の性質が現在のあなたがたが直面している不都合を生み出しているわけですが、その大半は当局の悪意に依るものではなく、ウルの性質に依ることを御理解頂ければ幸いです。当局は常に最善を尽くしています。

ウル中心部において、時間と呼ばれる特徴的な次元が存在していたことを思い出して下さい。あなたがたをウルに送り出すにあたり、最大の問題となったのはその奇妙な次元の存在であり、あなたがたの形を保ったまま、ウルに送り込むことは事実上不可能であることは証明されてしまっています。時間と呼ばれる次元はウルの外側においては微小な領域に閉じ込められており、一つのビットの中に収めることができる程度の大きさにしか広がっていないことが知られています。

時間をビットの中へ封入しようというその操作は勿論、温暖化へと向かい、隙を見ては燃え上がろうと待ち構えている宇宙に対して、当局が絶えず継続している作業です。その一番厄介な次元をビットの中に封じるまでに払われた犠牲については、教科書を当たって下さい。当局は、過度の寒冷化と過度の温暖化を共に斥《しりぞ》けるべく、日々の活動を続けています。あなたたちの協力と忍耐に感謝します。

一度閉じ込めた次元を展開し、あなたたちを投入するために行われた数学的操作は煩雑を極めますが、とにかく卵を割って出てきた無数のヌードル状の次元を、強引に一本に束ねて打ち直してみたのが現在のあなたがただと考えて頂ければそれほどはずれてもいないのです。つまり、本来的に離散構造を持つ宇宙の中の、あなたの持つ数個のビットをかち割ったところに出現した連続構造が、今のあなただと考えて頂いて大過ありません。当局は、あなたの一部を構成していたビットを胡桃《くるみ》のように割り、その中で絡み合う情報基盤を一本に整列させてウル中心の時間軸に同期させています。

当然それは、素手でテンプレートを扱うような荒っぽい操作になることを避けられませんから、以前のあなたと現在のあなたの間には多くの欠落が存在してしまっています。適当に言ってしまって、現在のあなたから逆変換されうるかつてのあなたは、ウル変換写像をfとした時の、Ker(f) 程度のものでしかありません。あなたが現在、自分の体に記憶という形でファックせざるをえない理由もその拘束に起因しているのです。

ウル調査隊には、ウル領域の減少に付随する、もう一つの小さな使命が課されています。研究の認可を求めて付帯されることになったその条項について、当局が期待するところはそれほど多くはありません。あなたがたの報告によって、現在の宇宙において大変に巨大な領域を占める神学命題に新たな進展が見られるかも知れないという見解は、当局上層部のお調子者を喜ばせるためだけに置かれた一文であり、研究者としてはそんな題目を真面目に主張したいわけではないからです。

論理が先か運動が先か。

あるいは、

離散が先か連続が先か。

として争われてきた議論を、あなたも一度は耳にしたことがあるのではないでしょうか。数学が論理学で記述される以上、数学は論理学の堕とし子であるとする見解と、論理学は数学の分野である以上、論理学が数学の堕とし子であるとする意見は長く続く血みどろの抗争を展開してきたのですから。実数濃度とアレフ1の間隙《かんげき》をついた侵攻に、整数が陥落一歩手前まで迫られたことは、今でも当局者の体を震撼《しんかん》させ続けています。

前者の立場に従うならば、宇宙は現在我々が知り、当局が運営している程度のものとして、レベル・オントロジーの中に安住することが原理的には可能だと考えられています。多少の変更やたゆみなき前進的改良が必要であることは疑いありませんが、基本的には党の正統的ドクトリンに従った理性的支配は継続されます。

後者の立場を採る者たちによれば、宇宙は本来的に宇宙としてあり、離散情報の中に封じ込めることはできないものだということになっています。この思想は党の見解と真っ向から対立することを避けられません。現在の宇宙にも連続部分が存在することは知られていますが、その次元をビットの中に折り畳むことによりようやく成立したのが、この文明であるからです。

宇宙の中から論理が発生したとする立場は非常に異端的なものですが、微視的視点においては連続性が存在すること、ウルに見られるような凍結領域においてはむしろその属性が支配的となりうることは、残念ながら実証されてしまっています。決して論理演算によっては把握されえない連続性起因の擾乱《じょうらん》が存在し、それが意識や生命、人間存在の根源に強い影響力を持っているという見解は、多重の浪漫的思い入れを込められた〝実世界ノイズ〟という未定義用語による弱々しいスローガンによって知られています。もし連続性を持った空間が存在し、もしその空間が宇宙規模に広がっているものであり、もしその中に知性を持った存在を配置することができたとするならという網目状の条件文は、あなたがかつて属した文明圏においては馬鹿げた発想にすぎませんが、その留保的可能宇宙では、実世界なるものの中で実行される運動なるものが、論理的に実行される運動とは根本的、本質的に異なったものであることが主張されます。

それでも論理なるものが一応のところ存在するからには、論理はどこかから出現したものということにならざるをえません。その結果導かれるものが、論理、数学起源論ということになるわけです。

当然、論理、数学起源論には多くの論難が寄せられているわけですが、中でも強固な論理構造を持つものとしては次のものが挙げられます。

不定のものから論理を発生させる論理が知られたとして、それが論理である以上は、論理の全的支配を拡大することにしか寄与しない。故に〝実世界〟探索は偶然的に生成されているものを必然と取り違える以上の作業を行いえない。

この論難に対し、論理生成の論理は存在するが、決して知りえぬものであると断言することが科学的な意味を持たぬことは明らかでしょう。その論理や筋道は不明であるとしながら、対象類似物を作成することによって論理の存在を主張することも、大きな説得力は持ちえません。赤色を論理的に説明するために、赤色を差し出すことは前進にも後退にもあたらないからです。兎を説明しようとして兎のぬいぐるみを差し出すことに何の積極的な意味があるでしょうか。せいぜいが、耳のない兎を兎クライテリオンから排除するくらいのところに留まるでしょう。人間を生産することが、人間の理解に直接的に接続しているのであれば、当局は人間を完全に理解しているのであり、それこそが当局の主張でもあります。

実世界派による異端的信仰の辿りつく場所が、論理自体が変化を続けるものだという更なる異端であることは広く知られており、既に対策がとられています。それら摘発された異端者が、ウルへの流刑を強制されているというのは悪質なデマにすぎません。当局は常にあなたたちを見守り、本人の意思によらぬウルへの流罪などはコスト的に見合わぬので決して実行に移してなどいないのです。当事者がウルへの流刑か異端ユニットの永久的な監禁生活を提示された場合、前者を選択する割合は、由々しきことに九割を超えてしまっています。その数字だけからしても、異端者は生まれながらに異端者であると考える強力な証拠と考えることができるでしょう。実効上の制限のない論理空間での永久的な拘束と、凍結領域への片道の流刑を比べて後者を選ぶメリットはほとんど全ての一般標準的良民の想像を超えてしまっています。

流刑を選ぶ人々の間で人気の高い見解は、ウルに流されることにより、そこから新たな論理を立ち上げ直すことがいつか叶い、ウルを中心にして新たな宇宙を立ち上げ直すことが可能であるとするものです。

大変に残念なことながら、その議論には欠陥があることが知られています。宇宙の大半の部分において、論理こそが基礎単位であり、連続的時間部分は、ビットの中に巻き取られてしまっていることを思い起こすだけでその論駁《ろんばく》には充分です。算盤《そろばん》の珠が何でできていようとも、クォークの中身が何であろうとも、その領域内部の挙動が外側への干渉性を持たぬ以上、一つのパッケージとして扱うことができるからです。操作に対する挙動が完全に知られたパッケージの中身を実存として捉える必要はなく、実装の違いは解釈の違いとして理解されることになります。

実際、ウルを拡大しているのはウルの喚き続ける戯言《たわごと》に聞き耳をたてているウル外側の当局であり、流刑者たちはウルに自分たちの見解を押し付け続けることによって、ウルの縮小に加担しているのですから世話はないのです。流刑者たちが、論理生成の論理を完成させる日が来た場合に予測されるウルの直径は、ウルにおけるプランク長の四分の一程度になるという試算も存在しています。

今のところ、ウル流刑者たちがなす論の中で唯一積極的な批判を免れている見解は、この宇宙自体が、更に外側の連続体から切り出された離散部にすぎないという考え方です。ハイパー・グノーシス派と呼ばれるこの主張はしかし、ウル流刑者たちが二重に閉じ込められてしまっていることを示唆しているにすぎません。その主張に従うならば、想像を絶する広がりを持つ連続宇宙内部があり、その裡に論理空間が凍結部分のように存在し、しつこいことにその裡で更にもう一段階の綻《ほころ》びを見せる凍結領域が、ウルと呼ばれる領域ということになるのですから。この論を受け入れた場合に、ウルと宇宙の外側に分け隔てられた二つの超越的連続領域は、堅固な論理の壁によって交流を阻害されているということになります。その間に高次元方向を利用した逃散経路が存在するとする信仰について、党からの公式な反論が行われることはありません。この宇宙の外側なる前提を持つハイパー・インフレーションを導入する相手に、更にその外側の離散論理型宇宙というハイパー・ハイパー・インフレーションを導入して論駁を試み、更にはそれら無限後退の全貌こそが真実であると言い出すことは甚《はなは》だ見苦しい様でしかないからです。

党はあなたがたの良識に期待していますし、その良識に訴えかけるのが、この注意書きの目的です。あなたたちが話しかけるべきは当局ではなく、あなたの周囲に広がるウルへ向けてであるべきなのです。

あなたがたはそこらのビットをほぐすことで生産可能な、代替可能で限定的な存在であるにすぎず、必要とあらばいくらでも量産のきく論理的構造であるにすぎません。この宇宙自体が本来的には複製可能であり、無数のバックアップを保持できる形で整備されていることと何の変わるところもありません。ウルの外部では常識的であり、日常的であるその単純な事実の有難さを、あなたは今身をもって回顧しているはずです。それを感じるあなたの器官がまだそこに残されているのなら。

無論、あえてその恩恵を享受できる立場を捨て、ウルへ挑戦中のみなさんの決意は最大限に評価されるべきものです。現状それが、論理空間において一定の割合で発生してしまう不適応因子の治療へ向けた基礎データ収集としての役割も持っているにせよ。

11：EXECUTE

■PRESS ENTER.

ここまで読み進めてきたあなたの目蓋《まぶた》の運動は、当局によって記録されています。お疲れさまでした。得られたデータは今後の帰還者への事後説明改善のためだけに用いられ、他の用途に用いられることは決してありませんなどということは決してあるはずがないではありませんか。そのデータは、非常に不安定化したバックアップ機能を備え、いずれ消失することを免れない特異的なパッケージからの出力として将来の検討のため保存されています。これを、今やこちら側のことを夢想することしかできなくなっているあなたがたへ向けられた、ある種の恩寵として捉えて頂ければ幸いです。夢想される先にあるものが、こちらの宇宙ではありえないことは、非常に残念な事柄です。こちら側を捉えるための機能は、時間と呼ばれる次元を実現するための変換と引き換えに、あなたから決定的に失われてしまっています。あなたがたは、かつてのあなたがたが信じた起源とその進展へとそうして辿りついているわけですが、その場は我々の起源でも、何かの意味で存在するかもしれない、あなたがたの真の起源でもありえません。

当局にとって有意味なデータは既にあなたの瞬きの頻度から収集されています。あなた自身の生理的諸元については、その空間を提供したのが当局である以上、特にこちらから伺いたいことはありません。当局はあなたを成す空間構造とその運動を完全に把握し、分類し終えています。そこにあなたが自身と考える空間を新たに重ね描くことは全くの自由ですが、それら空間が互いに変換可能である限りにおいて、新しい知識の増加となりえぬことは、論理生成の論理に関する議論と同様の筋道を持っています。

おかえりなさい。

そしてさようなら。

当局はあなたからのフィードバックを常に歓迎し、こちら側のあなたのコピーの再構成と検討を続けているわけですが、それは今のあなたには関連のない出来事です。言うまでもなく、認識することのできない過程は、当人にとっては気づくことさえできぬものである以上、存在の有無が問題となりはしないからです。

あなたたちの派遣が、グノーシス主流派的嫌がらせに発していると考える合理的な理由は存在しません。それはただこうして実行できる操作にすぎないからです。

それで一体何になるのかは不明ですが、その気になった場合には、あなた自身の報告をお寄せ下さい。それを阻む数学的、物理的機構は何も存在していません。ただ既存の法則がウルとこの宇宙の間に、大河のように横たわっているだけのことにすぎません。あなたがたがその激流を泳ぎきってこの宇宙に手をかけたとき、新たな話し合いの場はもたれるでしょう。当局はその発生確率が◯を割り込むものと予測しています。

本研究は、文部科学どうせ適当に名前をつけたに決まっている省の支援によって現在もこうして継続中です。

よき旅を。

# 考速

草稿はここで途切れている。

目覚めてもまだ佐倉の声が聞こえるのだった。

あらかじめ紙に記された文字を棒読むように表情を欠いた低音が、昨晩の佐倉と自分の位置関係を保ったままに聞こえるのである。だからここではまだ目を開かない。

「他のものによって考えられないものはそれ自身によって考えられねばならない」

佐倉はそうして口を開き、今もこうして開いている。部屋には二十人ほどの男女が集い、佐倉だけがこちらを向いていたのである。佐倉一人が、黒板を背に五時間を立ち、その間、休まず喋り続けた。右の耳と左の耳から注ぎ込まれる何物かが、頭蓋の裡で混淆されて焦点される。その声はまるで、たとえば、こう囁く。各個の耳ではっきりしており、脳裡に結び、茫漠となる。

いたりしはなをよばぬはな
到りしは名を呼ばぬ花
射たりし花、及ばぬは名

幻聴は精神の病の兆候だという。実際の声として聞こえているわけではないのだから、その点気にする必要はない。長らく船に揺られた後で揺動が尾を引くようなものであろう。再生一般が病へと直接に繋がってしまうものならば、想起自体が病であり、現状さえもが精神の裡の病と果てる。これが、記憶が過大な臨場を持つ、現状自体がこれは記録であるとの印を持つところまでいったとしたら、いずれも確かに病と映る。

佐倉のかける眼鏡のレンズ、佐倉から見て右側のレンズの上端には、赤字で「●REC」と記されている。当然、こちらからは鏡に映る。停止したいときはどうするのかと訊ねてみて、目を閉じるのだと平坦な答えを以前もらった。戒《いまし》めである、のだそうだ。

佐倉が言うには。
遡られた昨日の佐倉は、それはつまり結局のところ未来の佐倉は、もしかすると今の佐倉は、春、とただの一言を置く。それから、たとえば春のことなのだと言う。だからといってこの春が、冬まで続くとは考えてくれるなと留意を促す。もしも終わってしまったものを続けられるというならばと傍白しながら、佐倉の口ずさむ様。

うしおいてつきこえはしりぬく
牛追いて月越え走り抜く
潮凍てつき声は知りぬく

声は、無論、全ては続けることができるのだがと続けるのである。ここでは定義を定義、公理は公理、定理は定理、系は系と呼ぶことにしたいと佐倉は佐倉の声を用いて言う。それらの用語と数字の組で、一つの文章を指示することとし、その内容には踏み込まない。たとえばこれを例の書物の第一部へ限ると宣言すれば、対応は一意にとれるのだから、重要なのは形態であり、他は個々の自由とすれば良い。続けることができてしまうのは諦めるとして、続くものとは何なのかと佐倉は問うて衆目を受け、一拍を置く。

そこから続けて無造作に置く。

春の
月夜

と無造作に置く。面倒事はただ面倒なだけにすぎないのであり、定められたことは定まっている。ならば勿体《もったい》ぶる必要はない。種さえあれば芽は吹くのだし、芽吹いた後は定めを超えずいずれ枯れいく。余白で稼ぐと言われるのも業腹なので、残る続きを一息に置く。黒板にあたる白墨が、上から下まで、右から左へ一行ごとに移動していく。長く短く、短く長く。空白で拍子をとって刻まれていく。

春

春の
月夜

春の三
月夜に
見えず

春の三日
月夜に相
見えずと
れいう

春の三日の
月夜に相手
見えずとか
れいいうる

春の三日の満
月夜に相手が
見えずとかで
れいいうる者

春。

春の月夜。
春の三月、夜に見えず。
春の三日月、夜に相見えずと霊言う。
春の三日の月夜に相手見えずと彼言いうる。
春の三日の満月、夜に相手が見えずとかで霊威売る者。

これは見るからに展開であり、事実一つの展開であると佐倉は言う。如何《いか》なる演繹を採用しようと、それが演繹である限りにおいて、原理的に展開を阻《はば》むものはないのである。矛盾であろうと。矛盾が定められるその時までは。無意味であろうと。飽き果てられるその時までは。全く好きにそれぞれ勝手に、今各々の頭の中で展開される展開を展開せよと佐倉は言う。続けてみせよ。無尽に続けられるものならば、そうすると良い。継続せよと余白を挟み、演台の水を含んで、口中、何事かを転がしている。

そのここのえのころもつくろう
その子この絵の頃、持つ苦労
その九重の衣繕う

定義と公理と推論規則が定められれば、証明は自動的に展開される。たとえば定理十一が要請するのは、定義一、定義三、定義四、定義五、公理一、公理四、公理五、公理六、公理七、定理一、定理二、定理三、定理四、定理五、定理六、定理七、系六であると、黒板の響きを雁行《がんこう》させて一息に読み上げ、振り返る。定義と公理を起点に一方通行の網目が張られ、それが証明の姿である。姿と言い条《じょう》、無論一つの姿にすぎない。定理一を証明するには、定義三と定義五が要請されて、網目は定義三と定義五にそれぞれ発し、定理一へと伸びる二本の矢印の形を持つ。相互の角度も距離も問題ではなく、個々の要素の識別と流れの認識さえ共有されればそれで良い。↓が上から下へと流れるものだとは決めつけぬこと。そう見えるのはただの慣れにすぎないから。↑が、上から下へと流れるものだと定められれば、それは上から下への流れを示すから。しかし、川の波立ちが源流へ向け遡行しながら、個々の水分子は下流へ流されることができることも忘れぬよう。上から下へ振りおろされる指の動きが、下から上への移動を指し示すと定められても、それ自体には一向《いっこう》に問題がないことを忘れぬこと。

このはてにさいはいきてわかれいけり

この果てに犀は生きて別れ生けり
木の葉手に、幸い来ては枯れいけり

「エチカ」第一部「神について」定理十一は「神、あるいはおのおのが永遠・無限の本質を表現する無限に多くの属性から成っている実体、は必然的に存在する」として与えられ、これは神の存在証明として知られる。実のところ「エチカ」がその範を仰いだ「原論」が公準の形で持つ推論規則を、「エチカ」は持たない。何故なら論証は言葉の明証性を以て行われるから、そこへ疑義を挟む余地は原理的に存在しえない。「原論」で採用された、定規とコンパスという名の推論規則は、ここでは定規とコンパスという語の用法の裡に包まれている。

しをもてなおさむからんおうのみぎわ
死をもてなお寒からん王の汀
塩もて直さんか卵黄の右は

定理十一の証明は、背理法によって行われる。神が存在しないと仮定することにより公理七が要請、発動され、これは定理七と矛盾する。故に神は存在する。この単純な言い換えが、神が存在するが為に呼び出される。神の存在が要請する定義と公理のリストは先のとおり。

ごく簡単な指摘として、定理一から定理十までの導出に公理七が利用されることはない。定理十一の導出までに公理七が利用されることがない以上、この排中律は以下のことを示している。公理系が矛盾を生じたとみなして公理七を保持し、定義一、定義三、定義四、定義五、公理一、公理四、公理五、公理六を破棄するか、あるいはその逆。もしくはそれらの定義と公理を維持して、定理の方を承認する。それとも、定義、公理、定理全体を棄却する。あるいは、別の推論規則を採用する。つまりは己が言葉を捨てる。

いしまいるともうすらひをふみゆきたり
イシマイルと申す雷王見ゆ、来たり
石参る友、薄氷を踏み行きたり

夏、と佐倉は言うのである。私は私の舌に従うのであると宣言をして薄く笑う。それとも方眼紙に埋まる法に従うのである。形が見えずばそれはただの仮名に留まり、読まれた読まれぬという問題自体が生じ得ない。私は二重の言葉を用いておらず、多重の言葉を語ろうとして、結局一つの言葉を用いている。頭蓋へ響き別れる喉歌《ホーミー》の声が地声と共に伝達するものについて考えよ。古典的な錯視図形が、二枚の画像の切り替わりとして認識される機構に関して、むしろ二枚に留まる理由に関して考察を行え。家鴨と兎が、あちらの角とこちらの角が切り替わることを認めるとして、家鴨兎や、全ての角がこちらへ飛び出す立方体の立場について注意を払うことを忘れぬこと。二つの意味に聞こえるものが、一つに発し別れるのではなく、二つに発し一つに混じり語義を失う。

## 彼の夏の日

佐倉は黒板に十字を記し、展開の早さを競うことを提案する。まさかこれが即興ではないとでも疑うのかと。続けて、ピタゴラスの定理の証明法をいくつ知っているかねと笑う。そう問うた人々の中、最も有名な人物の名を挙げよと聴衆を睨む。素数が無限個存在することを、排中律を用いず証明できる者はいるかと、首を巡らす。思考の速度を超えて考えることができるものは手を挙げよと言い、書かれる以上の速度で読むことができる者は名乗り出よと挑発する。こうして種の蒔かれた以上、何が育つかは誰の目にも明らかであり、そうあるべきだと思わないかね。向から顔を視線で切りつけ、応ずる者がないことを確認する。佐倉は一つ息を吸い込み、一歩下がって黒板の上の文字を眺める。佐倉は以下の展開を、これもまた矢張り、一息に記す。読むより以前に書き下していく。佐倉の主張を保持するには、そうでなければならないから。彼、彼女、彼女と、彼女と別、彼女と別れ、と記して行を替え、夏、の夏の、の夏の、の夏の旅、と続けて記す。

　彼　彼女　彼女と　彼女と別　彼女と別れ
夏　の夏の　の夏の　の夏の旅　の夏の旅行　の夏の旅行に
　日　休日　休日は　休日はずし　休日はずしり

夏。
彼の夏の日。
彼女の夏の休日。
彼女との夏の旅、休日は。

彼女と別の夏の旅行、休日はずし。
彼女と別れの夏の旅行に、休日はずしり。

チョークを黒板の桟へ放り出し、ずしり、はないなと苦笑している。更には形も崩れている。だがそれは私のせいではないであろう。ここに展開していくものは、先に置かれた配置によって私の意思に抗《あらが》うからだ。つまりは網目が密すぎるのだと一人頷く。種が今回もまた、十全のものではないからだと薄く笑う。すり抜けるための穴はあまりに細く、捕われる。我らの言葉は本質的にスパースだ。巨大な穴の縁を回ってようやく繋がる、極めて粗く細い通路だ。銀河がそのような構造を強いられるように。より正確には、銀河団の大規模構造がそうさせられているように。ボイド同士のせめぎあいに追いやられて襞をつくる、星の溜まり。それ故に対応はひどく限られ、負荷がかかると綻び切れる。地図上のあちらの路地とこちらの路地を歪め重ねて、どれほどの街区を一つの地図に織り込めるかを試すと良い。混じらぬようにそうされている。歌う。

そうさそうそうさそうさされそうされる
そうさ、そう操作、そう刺され、そうされる。

そう誘う、そう誘う、刺されそう、される。

佐倉は、何故、夏に秋が、秋に冬が続くと考えるのかと、問いかける。この先に秋が登場する気配は全くもって見えないのに。芽吹きに冬は敵するのに。光の速さには別の光でさえも追いつくことが叶わない。光は光から見て光の速度で飛んでいるから。だから、光はおおよそ暗がりの中を飛ぶのである。光自身の身の上には時間の経過が伴わない。光の持つ時計は秒針を刻むことがない。ならば思考は、と佐倉は問う。思考が別の思考に追いつけないなら、思考もまた暗がりの中を飛ぶだろう。前方のみに狭く限られた視野を頼りに。ただし光子は光子であるから、見るものと見られるものの大いさはここでは等しい。光子は目を持たぬだろう。だから光子の背後には目が配されて、それは網膜の背後に目が置かれるのと同じ配置で、人の配置だ。網膜が物質にすぎないならば、もの見る意思はその背後で目の形をなしている。

その配置とは、と佐倉は問う。

あくるひすいかわらずにくらし
あくる日西瓜割らずに暮らし

飽くる翡翠変わらず憎らし

思考に思考が追いつくことができないのなら、如何にして考えることは可能となるのか。海岸線を想起せよと佐倉は言う。海岸線の長さを実地に測ってみると良い。打ち寄せて引く海岸線の一瞬だけを切り取って、順々に棒切れをあてて長さを測る。短い棒を用いるごとに、海岸線の全長は延伸されて際限がない。それとも海岸線に紐をあてがい、それを巻きとって長さを測る。より細い紐を用いるならば、海岸線はより長くなる。そこにあるものが変わらずとも、物差しの精度によって海岸線の長さは変わる。微小なへこみ。滑らかな線に比べて、当然へこみの分の長さが長い。

白秋さむ
そらにて
みこえき
かんとす

　　　　秋
　　　白　さむ
　　　みそらに
　　　　こえきて
　　　かん　す
　　　と

白秋、寒空にて御声聞かんとす
秋、白《まお》さん。御空に越え来て緘す、と

黒板へ散らばる文字を読み上げる佐倉の声と、一文字一文字を塗りつぶしていくチョークの音が室内を満たし、囁くような声の形を織り上げていく。大きな□の四辺から小さな□の形に掘り起こされる文字の一つ一つが佐倉の不手際を笑うように擬古擬古と鳴り、実のところは、佐倉の口中より発し、耳へと注がれる音にすぎない。振り向く佐倉が歯を剝き出しに左右に軋《きし》らせ、白く塗られた黒い四角を読み上げていく。元の四角の十六倍の大きさを持つ四角一つと、枝を張る黒いわだかまりを佐倉は読む。

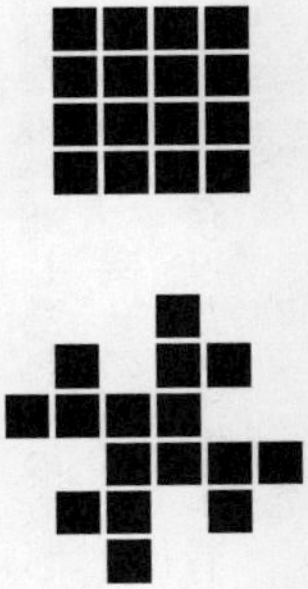

面積が同じであるのに、二つの図形の周の長さは異なっており、後者は前者の二倍の周長を持つ。帰結はあまりに単純であり、有限の面積を囲む無限長の周は実際こうして存在する。この過程を反復できぬ者は呪われよと佐倉は言う。ただ個々の辺を右肩上がりの凹凸へと変形していくだけのことなのだから。この過程をただ反復し続ける者も呪われよと佐倉は言う。そんな間抜けは、楕円の周長でも積分していろと嘲《あざけ》ってみせる。楕円の周長は、解析的な数ではなく、楕円の周長と名付けられる関数として出現するから。

それらはにかよいあいしあう
それら鰐通い合い、試合う
それらは似通い愛し合う

ツィッターベヴェーグング。ジグザグ運動。全ての粒子は光速で暗闇を突っ走っており、減速することは決してない。もしゆるやかに走る粒子が観測されることがあるとするなら、それは目の解像度が低すぎることによる。極微の空間は泡立っており、空間自体をレンズのように押しのけている。泡の一粒一粒が宇宙を孕《はら》む。全ての粒子は空間の瘤《こぶ》に沿ってジグザグに進む。ジグザグがあまりに細かいために、目は茫漠と、光速を下回る速度を見る。酔っ払いの歩みは常に、素面《しらふ》の者より遅れて見える。これはディラック方程式に対し、シュレディンガーが持ち出した一つの異端的な解釈だ。ハイゼンベルク方程式における確率波の収束をそれぞれの別世界の確立と捉えるエヴェレット・ザ・サード流の解釈と同じく解釈であり、非局所的な確率波による全体像を唱えるボーム流の解釈と同じく解釈であり異端に留まる。

みなのためしあわせのみちとほねにあり
御名の為、幸せの道、遠嶺にあり
皆の試し併せ飲み、血と骨に蟻

奇妙な論理。現実を無視して挿入される無数の解釈。現実と矛盾しないという理由によって、現実の間に折り畳まれる無数の視点。たとえば、思考の速度が思考の速度を超えられないにもかかわらず、実際には様々な思考が入り交じり合い、衝突し合い、追いつき追い越されることに関して。それを、思考が本質的にジグザグをなす微小な迷路を這いずり回っているせいだとすることは、遅い思考と速い思考が存在すると考えることに比べて、それほど奇妙か。宇宙に存在する全粒子が一個の粒子の運動の多様な見え方にすぎないと考えることに比べてそれほど奇妙か。思考自体は、神経細胞の発火パターンであるにすぎないのに。それが決してただの発火パターンであるはずがないにもかかわらず。

ひとつかみあみあげんとおきへめぐり
一つ神編み上げん、遠き経巡り
一摑み網あげんと、沖へめぐり

夜の脳、人間は脳の大半を利用していないという謬説《びゅうせつ》が巷間に広まった経緯は、振り返るとあまりに馬鹿馬鹿しい理由によっている。一つには、単に観測技術の稚拙さが、神経細胞の活動を捉え切ることができなかったから。もう一つには、発火する脳細胞だけが思考に寄与するとあまりに単純に考えられたから。それでは、発火しっぱなしのニューロンが、最も良く何かを考えるのか。つきっぱなしの電球が、思考の究極形態なのか。つきっぱなしの電球を描写するには、ただつきっぱなしの電球と指定してやればそれですむ。電気回路が作動するには、0と1との並びが問題となり、ここでの0は発火がないことを示す。つきっぱなしの電球は、消えっぱなしの電球と、情報的な差異を持たない。電力を消費するだけ無駄でさえある。全面がつきっぱなしの電光掲示板が、何事も伝えないことに対して異論はあるまい。

利用。私は脳を利用していないと佐倉は言う。私は規則に従っており、ここで駆動しているものは私ではなく規則であると佐倉は言う。

あゆみてれいなくはきしにてあらざれば
歩みて礼なくは騎士にて非ざれば
鮎見て霊泣くは、岸に手在らざれば

証明が形によってもたらされるなら、少なくともその一つの形態が形として与えられるなら、その形を持つものこそが証明だ。定理十一の証明図を映したものが、それだけでそのまま神の存在証明であると佐倉は言う。膨大な数のニューロンが織りなす粗い網目に、その程度の証明図が、そのままの形で含まれえない理由を考えることはむしろできない。壁の罅割《ひび》れに、硝子へ打ちつける雨滴の流れに、組み合わされて変貌していく証明の流れは見て取られる。見て取られるならそれはとりあえずのところ、そこにあるのだ。

いなほころびてたにしからるる
稲穂転びて田に叱らるる
稲ほころびて田螺狩らるる

ただの絵には動きがなく、ただの声はそう聞かれねば音でしかない。では改めて定理十一の証明を思い出そう。排中律。背理法。Aの励起、Aと、Aの抑制、ノットA。それは回路を走る励起と抑制のせめぎ合いの形を持つ。証明図の構図を持ち、その上に論理を走らせることのできる網目。粗《そ》な網目の中に見出される、粗な図形。

さきこぼれるちょううめはてしのち
咲きこぼれる蝶、梅果てし後
裂きこぼれる腸、埋め果てし後

我々の用いる電子回路が必要とする、記憶のための証明図。その構造には不可避的に輪状の構成が要請される。AがBを証し、BがAを証す種類の、互いに互いを指し合う矢印。記憶であるには、そこに留まり続けることが要件だから。一方向の流れの中では、何者も立ち止まったままでいることができないから。輪を巡り、移動しながら、遠方から見た一所に留まる。そこには、差し戻し、取り戻し、再突入する経路が必要となる。それは既に証明ではない。せいぜいが、循環論法と呼ばれる詭弁としての地位が与えられるにすぎない。では、原初は。源は。

ゆきしものごとふりてやむなし
雪霜のごと降りて止むなし
行きし物事、古りてや虚し

輪を一つの要素と括り直せば、網目は再び、一方向の流れを取り戻す。袋の中では何かが回り、袋と袋は循環なしに結び直され、入力とされた表示を出力と記されたラベルへ貼り替えていく。循環によって破綻をきたした論法が、循環部を定理や公理と呼び直すことで再編される。

あるいは、不意に目の前に放り出された脳みそを、絡み合う矢印の山と見なして解きほぐすこと。だから順序は逆転される。定義と公理が与えられ、推論規則を用いて定理が導きだされるわけではなく、相互に作用する網目がまずあり、推論規則が見定められ、定理の形が決定されて、定義と公理が抽出される。輪を描き、回り続ける袋の中の鼠として、定義と公理はきいきいと鳴く。

かれのにあいしつまさきだちぬ
彼の似合いし妻先立ちぬ
枯野に愛し爪先立ちぬ

定理十一の証明図は平面グラフにすることができない、と佐倉が言う。疑うならば実地に試してみれば良いのである。だから、スピノザによる神の存在証明は、平面の上に重ならずに記すことができないのだと、佐倉が言う。だからそれは、平面の上に記される連続した流れから抽出されることが決してない。その故に文字に寸断され、文字の合間に文字が割り込む余地を与える。

やみつきてともさばくにいかん
病つきて友、砂漠にいかん
闇尽きて灯さば、国如何

さて、至り、それでは冬は、ここまで引き延ばしを重ねてきた冬はどこへ行ったのかと佐倉は問う。低温の中、全てが規律正しく整列し、行儀よく隣接するだけの結晶化はどこへ行ったのかと佐倉が言う。冬の間の動物たちは、雪に埋まった動物たちの眠りはどこへ向かうのか。彼らの見る春の夢。体表からの凍結に抗いながら凍りつきゆく、ささやかな燃焼。我らは全てを結晶化することができるのかと、佐倉が問う。あるいは、冬に冬の言葉が語られることは何かの意味で可能なのかと問いかける。全てがただ規則に従うことになった瞬間以降、何かを語るものはまだそこにあり、何かを聞くものはそこにまだ残りうるのか。

さいほうぐであったころのす
サイボウグであった頃の巣
裁縫具、出会ったコロノス

何かがある程度のところ書き終えられたら、そこから先を続けることは、自動的に完遂されることになりはしないか。そこには二つの問いが横たわる。一つ。その先が既存のものによって定まるのなら、展開された全貌は、既存のもの以上の意味を一見持たない。だから全てのものは短く書かれる必要がある。あとは冗語にすぎぬのだから。二つ。実は、それ以上の長さのものを書くことは原理的に叶わない。ある程度以上の長さを持った仮名の並びに意味を多重に付与することが、重複度合いと長さに応じて、指数的に困難になっていくことと同じく。だからこそ、長く書くことの意味は存在しうる。それ以上圧縮することの叶わぬ長さ。いずれがどれほどが正しいのか。動物と植物は、いずれが生命の比喩であり、我らは結晶なのか植物なのか動物なのか。そもそも我らは袋の中に存するのか。

えびらみるさいきょうのひめこともなく
エビラ見る最強の姫、事もなく
箙見る際、今日の秘め事もなく

折角ここまでおつきあいを頂いたのだから、と佐倉は言う。手ぶらというのも割に合うまい。言いつつ、小さな箱を佐倉は取り出す。横に並べて、縦に繋げる。横様に継ぎ、輪を閉じる。そして佐倉は、笑い出す。呵々《かか》大笑《たいしょう》をして箱を封じる。この小さな箱を持ち帰り、どこからだろうと開けるのが良い。横に、縦に切るのが良い。何をどこからどう開けるという先験的な理由などはどこにも存在しないのだから。この私自身の話のように。それが笑い声の四文字《はははは》を無惨に切断することになっても。

種は一つの結晶だ。その後の展開を持つ要約であり、誰がどの腹で暖めようと、概略同じ風貌へ育つ。私を好きに持ち帰り、好みのままに養育せよと佐倉は告げて、その種を黒板へ書き記していく。

彼とは私

彼とは私
　　　と
　　　は
　　　君

彼とは私
　　　と
　　　は
僕はと君

彼とは私
は　　と
と　　は
僕はと君

彼とは私
はははと
とははは
僕はと君

彼とは私。

彼とは私。私とは君。

彼とは私。私とは君。僕は？　と君。君とは僕。

彼とは私。私とは君。君とは僕。僕とは彼。

彼とは私。鳩とは、僕は、と君。

彼とは私。母鳩とは母。僕は、と君。

私とは君、母鳩とは母。彼は、と僕。

彼はと僕問はば、母は鳩。私とは君。

彼とは私。私とは君、君とは僕。僕とは彼。　はははは。

そして佐倉は、開幕の言葉へ戻る。

「他のものによって考えられないものはそれ自身によって考えられねばならない」

スピノザ「エチカ」第一部「神について」、公理二。その公理は、「エチカ」の中で一度も用いられることがない。何を支援することもなく、何に支援されることもない、実行系を欠き宙空に浮かぶ一つの公理。別種の公理の存在を認めず、神が最大にして全てのものを内包する唯一の実体だと証明を行うスピノザが公理に埋めた、もう一つの、別の、独立した公理系。

種子に関して、フィチーノについて語り残したことは残念であるが、それはまたの機会へ譲ることとし、とりあえずこの一夜を閉じる。

このおとこのことばかりとしていとわぬもちきたりししをもたらさむとておわる
この男のことばかりと師弟問わぬも稚気たり、獅子をも垂らさんとて追わる
この音、この言葉、狩りとして厭わぬ、持ち来たりし死をもたらさんとて終わる。

今私の両耳からは、佐倉によって注ぎ込まれた何かの形が、一晩の堆積を経て漏れだしている。

暗闇の中、私の裡に指を伸ばして延長される冬が沈み、そこでは全てが凍りつき、整然として結晶しつつ芽吹き始める。瞼の裏には、マリンスノーの如き白さで生命の死体

が降りしきる。

私は目を開け、佐倉の声の源を求め左右を見回す。一夜の間に奪われた体温を取り返そうと、身震いをする。この、年古り再起動を拒む筋肉の上げる悲鳴は、そのまま春を呼ぶ声となる。雪に閉じ込められたまま一冬を経て、地表に姿を現した、去年の秋の枯れ葉の立てる、ざわめく声だ。

The History of the Decline and Fall of the Galactic Empire

〈怪奇の章〉

00：銀河帝国は墓地の跡地に建てられている。

01：銀河帝国の誇る人気メニューは揚げパンである。これを以て銀河帝国三年四組は銀河帝国一年二組を制圧した。

02：銀河帝国の誇る人気メニューはソフト麺である。出汁《だし》派によるカレー派の粛清が滅亡を促進したとの見解がある。

03：銀河帝国実験室には銀河帝国臣民の骨格標本が並んでいる。それぞれの故郷に夜が訪れる時間になると動き出す。

04：骨格を持たぬ臣民たちは、銀河帝国音楽室でピアノを鳴らして故郷の星の夜を知らせる。

05：銀河帝国の夜は果てまで続くことが知られている。従って銀河帝国はいつもどこかの星の夜に包まれている。

06：深夜の銀河帝国校庭には、旧銀河帝国が顕れることがある。旧銀河帝国の皇帝が旧銀河帝国臣民たちを治めている。

07：赤い銀河帝国がよいか青い銀河帝国がよいかと訊かれた時は、引っこ抜くぞ引っこ抜くぞと唱えると良い。

08：銀河帝国皇帝の座への階《きざはし》では、グミ・チョコレイト・パインと遊ぶ幼帝たちの霊が目撃されることがある。

09：銀河帝国にまつわる七つの噂があるという噂がある。そういう噂はないという噂もある。

〈地勢の章〉

10：超空間通路をさまよう銀河帝国幼帝があり、舷側を叩いて柄杓《ひしゃく》を渡すまでは引き下がらない。

11：ここ百年で生まれた銀河帝国臣民の数は開闢《かいびゃく》以来それまでの全人口を上回っている。

12：銀河帝国はあまりに広く、いまだに朝貢を果たせぬ地域も多い。編入の知らせの届かぬ地域も膨大である。

13：銀河帝国はあまりに広く、道に迷った者たちが肩寄せ合って建設したのが、いわゆる銀河帝国である。

14：銀河帝国は超空間通路で網目状に覆われている。それとも、超空間が銀河帝国で網目状に覆われている。

15：超空間通路を摑むことで、銀河帝国は持ち歩くことが可能である。これがいわゆる超空間航法である。

16：超空間通路網を底引く漁法がある。銀河はその漁火《いさりび》であるとも言われる。

17：超光速航法は年々進歩を遂げている。先発してもいつか追い越されてしまうので、誰も長旅に出ることがない。

18：双子の銀河帝国が不吉とされて羊飼いへと任される。羊飼いは双子を弑《しい》し奉り、自身の銀河帝国を献上する。

19：縊《くび》られて埋められた無数の銀河帝国幼帝たちは、柄杓を用いて銀河帝国に空白を注ぎ込み続ける。

〈巷間の章〉

20：今年の銀河帝国は発売後十五分で売り切れた。

21：銀河帝国の予約は受け付けられない。銀河帝国皇帝その人は、例年、三日前から店頭に天幕を張る。

22：初回限定特典を手に入れられた者は未だいない。この事実は銀河帝国が悠久であることの証拠であるとされている。

23：銀河帝国を二つ買うと、一つおまけについてくる。三つ揃えると更に一つがついてきて、以下同文。

24：本人の許可なき銀河帝国の撮影は禁止されている。禁を破ると背後に銀河帝国幼帝が映る。

25：海外ではGINGA TEIKOKUとして知られている。青少年への影響を憂慮して規制の声が出始めている。

26：お忍びで銀河帝国を見回る幼帝が人気である。諸事情により幼女とされる。昨今は男児の幼帝も油断がならない。

27：そういう一部の臣民の趣味のせいでみんなが気味悪がられて迷惑するのでやめた方がいいと思います。

28：銀河帝国は時代遅れな上に現状を把握することもできない負け犬なので、死ねばいいと思います。

29：って、隣の銀河帝国が言っていました。それとも、そう言わないとお前を殴ると隣の銀河帝国が言っていました。

〈人倫の章〉

30：偽銀河帝国の髭は黒い。

31：銀河帝国さんは昼間っから酔っ払って踊り子さんにちょっかいを出してばかりなので嫌われ者だ。

32：越後の銀河帝国問屋で光衛門と名乗る男を見かけたら、すぐさま帝室顧問官へ申し出ること。

33：銀河帝国幼帝が林間学校から戻ったのは、銀河帝国一家の亡骸《なきがら》が荼毘《だび》に附された後のことだった。

34：おとっつぁんとおっかさんの仇をとってくれるなら、この玉璽《ぎょくじ》をお渡しします。

35：贈答用重金属製最中《もなか》は、重水羊羹《ようかん》を抜いて過去最高の売り上げを記録している。

36：幼帝たちが水際に打ち上げられるのは、決して誰かの陰謀ではなく、方向感覚の喪失によるものだと言われている。

37：一体何を根拠にして、どの銀河帝国幼帝の無念を晴らしてやるのかを決めればいいんだい。

38：遊び人の銀河帝国さんなんて銀河帝国は見たことも聞いたこともありませんな。

39：銀河帝国臣民は聞きなさい。非銀河帝国臣民も聞きなさい。銀河帝国は必ず滅びるのです。

〈怪盗の章〉

40：今夜九時、銀河帝国を頂きに参上します。

41：包帯で変装とは古い手だぞ銀河帝国第二十代幼帝。いや、今は銀河帝国第四十代幼帝とお呼びした方がよいのかな。

42：銀河帝国は手紙差しから発祥したという俄《にわ》かには信じがたい考古学的見解がある。

43：油公《アブラハム》には七人の幼帝。一人はノッポであとはデブ。つまり、誰もいなくなることは避けられないのです。

44：あなたが私の銀河帝国を目当てに近づいたなんて考えてみもしなかった。あの時までは。

45：簡単なことだよ銀河帝国君。僕は銀河帝国の灰を残らず研究して論文を書いたことだってあるのだから。

46：お前が銀河帝国と密通していたことくらい知らないとでも思っていたのか。

47：そう、銀河帝国は銀河帝国という密室状態をつくりだした上で、銀河帝国を殺害したのです。

48：この世に銀河帝国なんていうものはありはしないのだよ、銀河帝国君。

49：木の葉を森に隠そうとした軍人帝の策謀により、銀河帝国は滅亡した。

〈質疑の章〉

50：「銀河帝国は発射されますか」

「その手はケリー・リンクが使用済みです」

51：「銀河帝国の全人口を教えてください」
「銀河帝国全人口の倍はあります」

52：「銀河帝国は誰のものですか」
「銀河帝国は決してあなたのものではありません」

53：「銀河帝国との熱愛が報道されています」
「お答えすることは何もありません」

54：「幼帝を亡くされた今のお気持ちを」
「非常に残念なことと言わざるをえません」

55：「銀河帝国は何度でも蘇りますか」
「銀河帝国は何度でも蘇ります」

56：「銀河帝国は永遠に不滅ですか」
「銀河帝国は永遠に不滅です」

57：「銀河帝国ではないものを銀河帝国と呼んでいませんか」
「銀河帝国だけを正しく銀河帝国と呼んでいます」

58：「どうすれば銀河帝国に平穏が訪れるのですか」
「全ての執着を捨て、銀河帝国は存在せぬと知れ」

59：「こんなものを書いていて楽しいですか」
「ああ、楽しいね」

〈大戦の章〉

60：銀河帝国、あなただけが頼りです。

61：我々は銀河帝国である。抵抗は無意味だ。お前を銀河帝国化する。

62：機械の銀河帝国が欲しいんだ。たとえ螺子《ねじ》にされたって構わない。むしろ螺子やナットでいたい。

63：たかが幼帝如きに今更何ができるというのかね。次はもう少し従順な幼帝を用意して頂きたいものですな。

64：逃げるったって何処へ行こうって言うんだい。どっちを向いても銀河帝国が続くばかりなのに。

65：いい銀河帝国はみんな滅びる。お前さんもせいぜい気をつけておくがいいさ。

66：総員退銀河帝国せよ。私は銀河帝国と運命を共にする。何もかもがみな、懐かしい。

67：ダミー銀河帝国はあまりに精巧に作られたため、オリジナルがどれだったのか誰にも見分けがつかなかった。

68：銀河帝国を救いに行くのさ。お前も一度やってみたかったのじゃないのかい。

69：銀河帝国は九正面作戦の動乱の中に揉まれ潰《つい》えた。すなわち、東西南北天地、現在過去未来の戦線の裡に。

〈卒業の章〉

70：先輩の第二銀河帝国が欲しいのです。

71：わたしたち、お別れしてもずっと銀河帝国同士でいようね。十年後も素敵な銀河帝国同士でいようね。きっとだよ。

72：銀河帝国部は、本日をもって廃部となります。あなたたちが、この地区最後の銀河帝国ということになるでしょう。

73：転校生の銀河帝国幼帝君は、結局三学期もみんなの前に姿を現さなかった。

74：そう、私たちはこうして一歩一歩、銀河帝国になっていくのだ。全てが無駄だったということは、ありはしないのだ。

75：最後に銀河帝国なんて迷惑だよね。わかってる。ただ自分の気持ちを晴らしたかっただけなの。だから、忘れて。

76：本当は自分こそが銀河帝国だったんじゃないかって、少し思ってたんだ。でもそんなことはないんだなって。

77：卒業したって、どうせまた次の銀河帝国に同じような顔ぶれが並ぶんだしさ。

78：春が来るたび、この銀河帝国のことを思い出すのだろうなと思う。そしていつか忘れてしまうのだろうなと思う。

79：人は銀河帝国を失って初めて、銀河帝国の意味を知ることができるのだと言われている。

〈残余の章〉

80：銀河帝国を開く者に永遠の呪いあれ。

81：家の前に野良銀河帝国が集まってきて敵《かな》わないので、ペットボトルを並べてみる。

82：そんなことばかりしていると銀河帝国が来るんだからね。どうなっても知らないから。ごめんなさい。ごめんなさい。

83：箱一杯に集めた銀河帝国の抜け殻を家人に捨てられた恨みは一生忘れない。

84：燃える銀河帝国は火曜日と金曜日、燃えない銀河帝国と資源銀河帝国は水曜日、大型銀河帝国は別途申し込みが必要。

85：巣から落ちた銀河帝国を拾ってくることは、必ずしも銀河帝国のためになるとは限らない。

86：銀河帝国のことは大好きなのだが、アレルギーで触れないのが残念である。

87：そうくよくよするなって、銀河帝国なんて毎日そこらじゅうで滅亡してるんだからさ。

88：頻発する銀河帝国の不法投棄に関して、銀河帝国厚生院は、臣民の良識に期待すると表明しました。

89：我々の知る銀河帝国は、全銀河帝国の七分の一にすぎないと考えられている。

〈終局の章〉

90：蛇尾となるか蛇足となるか、それが問題だ。

91：結局、あんな子供たちに銀河帝国の命運を背負わせなければならないなんてな。

92：これはあなたのために残されていた、最後の銀河帝国なのです。

93：この銀河帝国は俺に任せて先に行け。最後くらい格好をつけさせてくれてもいいだろう。

94：よくぞここまで来た銀河帝国。選択肢は二つ。私の仲間になるか、ここで速やかに滅びるかだ。よかろう。

95：銀河帝国が呼ぶので行かねばならない。銀河帝国の歌声には何人も抗《あらが》うことが叶わない。

96：私たち呪われし銀河帝国は、一体いつまでこんなことを繰り返さねばならぬのでしょう。

97：暗闇の中に目覚めた銀河帝国幼帝は、部屋の向こう側の椅子に座る人影を見る。

98：「またお前か」
「またお前さ」

99：心ある者は聞くが良い。かくて向き合う幼帝二人、かたみに銃爪《つめ》を引き絞り合い、而《しこう》して銀河帝国は滅亡せり。

# ガベージコレクション

「マクロな変数で張られた状態空間内のとある点同士を結ぶ軌跡は、その状態空間内に存在する必要がないことに注意しよう。従ってマクロな記述が成立するのは、どこかへ向けて遷移を開始した対象が、再び元の状態空間内へと戻って来ることが充分に確からしい場合に限られる。この種の記述が成り立つための前提として、ここでは安定性を仮定しておく。それはつまり、あまりに突拍子もない出来事に対しては頬かむりを決め込む態度を意味している」

ガベージデータの断片の一つ

# 一

その遺書には、はじまりがなく、終わりがない。

暗闇の中、海底に沈む巨大な恐竜の背骨のように横たわり、どこまで読んでもこれまでに読んできた以上の先があり前があり、続く。続けることが可能なようにできあがってしまっている。

勿論その本体は文字ではなく、文字へと析出する以前の何かの動きだ。一見とりとめもない霧の濃淡とも映り、思念を凝らして髪の筋ほどの細い道が一本浮かび決まり定まる。砂に埋《うず》もれ、飛び石のように顔を出す。砂を払って、飛び石の間を繋いだ骨は見当たらない。二つの骨の間を渡る脈絡の埋まる空間は、海の内にはないからだ。海底はその空間を横切る平面の一つでしかなく、海竜の骨は、空間に満ちて折り畳まれた波打つ襞《ひだ》の形をとる。襞を鋏で切り劈《ひら》き、骨が点々と姿を現す。当然、その空間は厳密さを欠く仮定のものだ。その広がりを空間と呼ぶ根拠は未だ知られていないから。ただ骨の配置のみから推測され、直観によりもっともらしく、正気の程は定かではない。我々の用いる記述は、曲線を、曲面を自在に指定することが叶わない。ただ点だけが、孤立して記される文字だけが、とりあえずのところ確固たるものとして記されうる。点の集まりによって指定される曲面は、つまるところ点列の別の呼び名にすぎず、全ての面を任意に指定することは、原理的に禁じられてしまっている。

点を拡張する方法はいくつか知られる。ただしその拡張は残念ながら、曲面を恣《ほしいまま》にする方角へとは展開しない。拡張により行われるところは逆であり、ただ折り畳みを重ねるのと変わりがない。たとえば何かの同一視は、空間を商空間へと構成し直すことに対応する。その点とあの点が同じものであるためには、幼児の書きなぐった一文字と成人の記した一文字が同じ一文字を示すことができるには、同一視によって折り畳まれた空間が思考可能であることが要る。少し違う。何かが可能であることは、それを可能とする仕組みが理解可能であることを含まないから。

何かが理解可能であるかどうかは、科学の範疇には属さない。理解できるものを理解するのが、科学の役割であるからだ。この言が不適切だとされるなら、理解できたものしか語らないのが科学であるから。原理的に理解のできないものに対しては、せいぜい理解不可能であると理解するのが科学の上げることのできる得点だ。科学は理解不可能なものを理解可能な対象へと切り替える機能を持っておらず、これはあまりに当然すぎる。

商空間の選択もまた、科学の範疇とは一致をみない。そこで鋸《のこぎり》を持ち出すか包丁を持ち出すのかは、俎《まないた》の上で身を硬くして切断を待つ荒巻鮭や電線の側の知ったことではないのだから。岩からブロックを切り出して、積む。ブロックの形によって、積み上げられる壁の形には制限が生じ、壁の構想如何によってブロックの切り出し方は調節される。積み上げられる順番により、履歴を応力のチェーンで裡に抱える。

科学は全てに対して等しく興味を持つことはない。太陽の南中を待ち、西へと進むどこまでも頭上に太陽を配し、いつまでも進む。その人物はいつまでも同じ時日の正午を歩み、太陽暦の時刻は止まる。地球を一巡りし元の地点に辿り着いても、それは全く同じ一日であり、どうしてみても次の日となる。日付変更線をどこに配置するのかは、科学の関知する問題ではない。その種の記日法を保持するのなら、日付変更線がどこかに存在した方が良いと勧めるところで関心は尽きる。その線は北極点と南極点を連続に繋ぎ、同一緯度に対して日の切り替わる一点を定め、三点以上の奇数個の点を定めることを避けるようにと勧告できる程度に留まる。同一緯度に偶数個の日付変更点が存在することのできない理由については、いくらでも解説を施すことが可能であって、そんな細部はどうでも良いと通常言われる。それは採用された商空間の、あるいは単に単語の網目の性質であり、科学の、数学の、肉体の、頭の、脊椎の、骨の性質とは関わりがない。投票の結果の評価に関して科学が主張しうるのが、どんな評価法に対しても公正さを破る票の割り振りを構成できるという事実もまた、同種の無関心を孕んでいる。

私は現時点の私が語りうる形でその遺書について語り継ぐ。現時点でという用語が確かに伝わるものかに確信はない。平常それは、今この瞬間という一つの点を示す単語だからだ。ここでは、多少事情が異なっている。私は今、跳び跳びに記された文字のどの地点に対しても、現時点だと主張せざるをえない立場に置かれている。それが今の私が採用している空間だ。未来や過去は、こうして固定された文字の間に、この空間を離れて存在しており、それを記す術は端的にない。私が自分の体温を熱力学的な記述の中では示すことができないように、過去や未来は安定を得た記述の外側にあり、近傍にはない。

私の体温。地球の温度。熱力学の有効適用範囲は、静的な平衡状態に限られることに注意されたい。厳密な意味の熱力学を思考の踏み台に採用するなら、地球の温度さえもが定義できない。熱力学が対象とする静的な平衡状態とは、放置されきった死体に対する用語だからだ。地球や私は、動的な平衡状態にすら置かれていない。その語の意味は良くわからない。これが非平衡定常状態という語であれば、一端を高温に他端を低温に接した金属棒が、涅槃《ねはん》の末に獲得する状態を指す。地球や私がそんな状況に置かれていないことは明らかだ。

砂に埋もれた恐竜の背骨。間隔を空けて並ぶ点のどれをも現時点と呼ぶ以上、それらはどれも同一なのかという疑問はもっともだ。それらの点の間に何かの差異が認められれば、骨の表面に経年の差が見られるのなら、どちらが先でどちらが後と定まるのでは。あるいはただの循環に、起源から起源への輪に閉じ込められているだけなのでは。

その遺書には、はじまりがなく、終わりがない。

その遺書が、はじまりと終わり、どちらへ向けても可読であると、私は言い落としていたかも知れない。

過去へ向かって読み進めることができるなら、そちらの方角を未来と呼んでおくことに何の不都合が生ずるだろうか。過去が未来と呼ばれうるなら、煩瑣を避けてそれを現時点と呼んで構わぬだろう。当然これは強弁であり、こう言い換えるのが本質的だ。

可逆な過程に対しては、すなわち全てを取り戻しうる過程においては、時間の経過は余分な指標であるにすぎない。過程の全てが遡行可能で予測可能であるならば、時間はその過程の成立に寄与していない。そこに横たわるのは無時間だ。だからとりあえずのところ、こう考えておいてもらうのが良い。

そこに空間じみた平面があり、上に無時間の線が自己交叉を避けて蛇行している。襞状に折り畳まれた無時間線を貫く一本の線。飛び石状に連なる無時間の線と何かの軸の交差点。蛇の串焼き。$字の連なり。それが、ここで遺書と呼ばれているものの正体だ。

無論私は、至極単純なことを語るにすぎない。

情報熱力学を足場に考えるなら、エントロピーの増大は、ログの消去によってもたらされる。時間の矢をエントロピーが増加する方向に採るとするなら、ログの完全保持は時間の凍結を導き出す。すなわち時間を進めたいなら、忘却は不可避の出来事である。あるいは忘却の進む方向が、時間の進む方向となる。

これでおおよそ、必要な道具立ては揃ったはずだ。もう一つ、私が遺書と呼んでいるものの書き主、羽山亭が取り組んでいた仕事について記せば、この先を続ける必要はほとんどなくなる。

昼と夜。

彼はその記号的玩具をそう呼んでいた。

可逆な計算。前進も後進も相互に立場を入れ換える、喪失を喪失した過程。それだけでは世にありふれており、彼が構成を試みたのは、通常の計算の途上で生じ捨てられるガベージデータもまた、意味ある計算を構成する種類の計算。破棄されたログがそれ自体で別の記述をなす奇妙な記述。その名称が、図と地を入れ換え、白と黒の鳥となって左右に別れるエッシャーの版画に由来するのは言うまでもない。

多少の手違いがあったとするなら、一旦図と地に分かれて互いをジャンクと見なす計算が、飛び石の各点においてまた合流する性質を持っていたこと。それが何の手違いでもなかったことは、後に知られる。

ここで、向こう側から連なり歩み、我々と逆方向へとすれ違っていく無数の彼女の姿を幻視することができた方には、以下を読み進めて頂く必要がない。私は彼の遺書に従い、ただその出来事を語ろうとしているにすぎないのだから。

私が羽山とそのパズルの話をした日は、丁度日蝕の日に当たっている。

煤《すす》をつけた板硝子や、何も映っていないフィルムのネガを太陽に翳す子供たちを横目に、私は彼の属する研究室へと向かう。私が太陽を見上げる要を認めなかった理由は単純極まる。重なり合う木々の葉の作り出す無数のピンホールカメラの倒立像が、路上に三日月型の木漏れ日をとめどなく撒き散らしていたからだ。

その風景から導き出されるものは明らかにすぎる。私たちがこうして感知するものでさえ、自然によって歪められてしまっている。

## 二

「サー・ウィンストン・チャーチルの趣味は」

豚と葉巻を好んだ過去の人物に対しても、サーをつけることを忘れない羽山の前には、チェス盤がある。何度聞いてもルールの細部を覚えられない私には、それが投了の場面であると見当がつくくらいのところである。犬は人を見上げ、猫は人を見下し、豚は人と同じ目線でこちらを覗くところが良いとチャーチルは述べ、目を上げた羽山があとを続ける。

「煉瓦積みだった。一時期は二百個を積むのを日課としていた」

「二千語を書くのを日課としていた頃の話だろう」

サー・ウィンストン・チャーチル。大部の第二次世界大戦回想録を書き上げ、ノーベル文学賞を受賞。当然とみるか奇妙とするか、平和賞が彼に降ることは起こらない。まあそうだ、と言いつつ、羽山が一葉のプリントアウトを机の表面に滑らせる。紙の上には、三つ揃えを着込み帽子をかむり、葉巻を銜《くわ》えて塀の前に立つ男の姿。右手に鏝《こて》を構えてカメラの側へ振り返る。

「ロメオ・イ・フリエタかと思うのだが区別がつかん」

というのは、写真の中でチャーチルの銜える葉巻の銘柄を問うのだろう。ロミオとジュリエット、スペイン語版。私にそんな知識の持ち合わせがないことを羽山も良く知っている。そんな仕事は、百四十種のパイプ、葉巻、紙巻煙草の灰を見分けて、研究論文に仕上げた男に任せてしまえば良いと思う。

右利きであるからには、煉瓦の塀は左から右に積まれている。下から上へ、一層一層積み上げられる煉瓦塀。応力分散を考えれば当然の選択といえ、むしろ他の積み方を考える方が難しい。このプリントアウトから得られる、当座のところ有用な情報は一つ。どこかの塀が、チャーチルの積んだものだと知られたならば、煉瓦は左下から右上へ、順に積まれた可能性が高い。作業順に煉瓦に番号を振ってみせろと言われれば、下から上へ、左から右に改行しながら振ることになる。

何の情報も付与されていない壁が目の前にあったとしたら。目地を眺めてセメントの流れを観察するか、それでも駄目なら応力分散を無理矢理測って、煉瓦の積まれた順番が判明するのか私は知らない。

外見が全く同じでも、中身がどうかは保証されない。同じ形をしたものがどういう順序で組み上げられたか、痕跡は裡に刻まれあるいは消える。卵に生まれ成長したのか、パーツに分けて作られ糊づけられたか。

たとえばそこに二つの砂山があり、一方が棒倒しの逆回しをするように集められ、他方が砂時計の下端の膨らみに積もるように作られたなら、内部に生ずる応力チェーンの形は異なる。

　左右の砂粒に足を踏ん張る一粒の砂。右と左どちらの足に、より力を込めているものなのか。そういう話だ。はじまりの亀の上に一亀が乗り、一亀の上に二亀が乗る。二亀の上に三亀を重ねて一歩引き、通りがかりの者が眺めて、亀は下から順に積まれたことが明らかだ。亀をどかどか積んで重ねて、踏ん張る足を辿って網目が見える。チェーンの集中した亀は多分潰れる。幸いにしてここでのたとえは砂粒の方が引き受けており、砂粒はあれでなかなか頑健につくられている。

　履歴。水を景気良くコップへ注ぐ。一滴一滴溜めていく。どちらがどちらか、コップの中の水だけから両者の区別のつけようが見当たらないのは、水は何も知ることのない、忘れ易い物質だから。その意味で砂は執念深い物質であり、どこへなりとも入り込み、嚙み締められて歯車を止める。

「また逆問題か」

　羽山の前のチェス盤には王手をかけられたキングがある。岡目に瞥見する限り逃れられない。通常のプロブレムでは、王手詰みを狙うものだが、このところ羽山が熱中している問題は逆方向を向いている。チェックをかけられた状態から、時間を逆に盤面を推定すること。特に、一意に時間を巻き戻すことのできる配置を見出すこと。遡られた盤面からは、当然、詰みへの道が一本通る。どこまで遡ることが可能な配置を設定できるのかを求めることが最近の羽山の関心事で、キャスリングやスティルメイトを駆使したトリックにはあまり興味が向かないらしい。

与えられた盤面から、チェスの初期配置までを一本道に遡ることができないのは、少し考えればすぐにわかる。すなわち、戻ることのできる過去には制限があり、その線を超えると過去の方が可能性に分裂する。一方向に起源までを辿れるならば、チェスの全ゲームは一本道だということになり、これは日常経験に大きく反する。

「まあそう決まったわけでもないけれどな。行きはほいほい進めた道が、帰りには分岐で迷う羽目に陥る迷路はすぐに作れる。何を主張できるのかは、条件の絞り方による」

矢鱈《やたら》と細かい羽山の指摘には、肩を竦《すく》めるだけで応えておく。

「それで、あれは」

チェス盤を振り払おうとするように手を空中で振りながら私は問い、だいたいできたと思うと羽山が答え、片手を突き出し、千円、と言う。

「自分で確認してみるまではわからない」

そんなことはできない方に、私は賭けているのである。

今度は羽山が肩を竦めて、椅子に背を預けて伸びをしながら、手垢と輪染みにまみれたノートを寄越す。

「何晩かけて検証してくれても良いが確かと思う」

ようやくこちらを振り向いた羽山の目は充血しており、一仕事終えた後の疲労感と達成感が脂と共に顔一面に貼りついている。私は賭けに負けたことをこの瞬間に確信する。口を開いて確かと言うなら、そう信じざるをえない種類の、羽山は男だ。

親指と人差し指で眉間を揉みながら羽山が言う。

「そんなことより、面白いことが一つ起こった」

受け取ったノートから上げた私の顔を、二つの赤い目が真正面から見つめている。

「女を見た」

「別に珍しいことでもないだろう」

のたくる記号にまみれた難読極まるノートへ目を落としかけた私の前で、指先でチェス盤を指しつつ、羽山は言う。

「詰ませて、消えた」

聞き流し、しばらく視線を宙に泳がせておく。問う。

「知り合いか」

羽山がゆっくりと首を左右に振る。

## 三

蛙以外の誰もが、蛙が微積分を駆使していることを承知しており、蛙がその事実を知っているかはどこの誰にもわからない。

多分当の蛙自身もわかっていないと思われる。

蛙が微分を余儀なくされるのは、その目が変化をしか捉えることができないという事情による。停止は蛙の視神経に電流を励起させることがない。目の前を動くものだけを知覚して、舌を伸ばす。伸ばして巻いて咀嚼する。一瞬と一瞬の間の差分を捉え、つまるところは微分を見ている。

では積分はと、微分を重ねて一本の脈絡をなすのが積分だ。

全てのバージョンを保持するのに、全てをそのまま蓄えておく必要などない。ここで、それは一体何のバージョンなのかという細部は些細なことだ。二枚の写真を重ねて透かし、異なる部分だけを保持してしまえば、記憶としてはこと足りる。元の写真に差分を重ねて、後の写真が生成される。微分を積分することにより、バージョンは正しく再現される。本当はもう一つ必要なものがあり、元の写真。元の写真を喪失すれば、そこには差分の重ね合わせが作り出す輪郭だけがさまよい続ける羽目となる。「大」と「犬」との差分は「、」として与えられることになり、「大」がなければ、何に対して「、」を積分すれば良いのか不明となって、「犬」が再現されることは起こらない。

「大」を欠き、「、」の形を持った差分の群れが飛び交う様。それが、羽山のノートを検討しはじめた私の、最初に受けた印象となる。母体を欠いて差分だけを生成し、差分の集まりだけで母体じみたものを作り出し、またその母体より離れ、別のところへ行ってしまう。

勿論これは、ただの個人的な印象に留まっており、融通の利く解説ではない。羽山の興味の対象が、可逆な計算であることは先にも述べた通りである。あまり耳慣れぬ単語であるが、学者屋さんが取り組むのに、特に珍しい対象ではない。何かが定められて進むなら、何かを定め戻すこともできるのではという程度の思いつきであるにすぎない。何故我々は、過去へ戻ることができないのかという素朴極まる問いにも繋がる。

この問いには、一応のところもっともらしい回答がある。

人間は、自然の全ての細部にまでは、手を触れることができないからだと、そこではされる。そこに一本の箒《ほうき》があって、柄から分かれて細い枝へと分岐する。柄から先へと進むには、ただ進んで分かれれば良い。分かれてしまって、自分が既に分身の総体であることは認知されない。それは空間の別の見方であって、観測される実体に解釈の影響が及ぶことはないからだ。平常であればそれで良い。問題は逆行の時に生じて、この道を逆に戻るには、ばらばらに分かれたいちいちの道を、全て等しく、正しく踏んで戻る必要がある。人間の足は既に分かれた道より太く、大雑把に踏むことをしかやりようがない。太すぎる指でキーボードから入力されたパスワードが最早、ひらけ胡麻、とは読めないように。

故に時間は遡れない。

また別の回答もあり、逆行に必要な情報はすみやかに人間の知覚域を割り込んでしまう。過去への扉を開く鍵は、時間と共に細分されて、見当たらなくなる。他の埃に紛れて消えて、砂は鍵穴を詰まらせこそすれ、それを開く機能を持たない。

故に時間は遡れない。

いずれも、この世のなりたちの様式により、そこへ文句を挟む筋道はない。

ただしそれがパズルであれば、話は異なる。ただ誰かにとって首尾一貫さえしていれば、宙に浮こうが地に沈もうが、誰からも文句をつけられない。それがパズルの性質だ。首尾一貫が、その身を常に守り続けて宙に浮かべる。無論、その対象はこの宇宙の中で思考可能なものであるという条件はつき、想像される計算は常にこの宇宙の中にあるに決まっている。

計算が可逆なものでありうるという見解は、二十世紀に登場した。どこまでも進めることができ、どこまでも戻すことのできる計算。扉の鍵がいつでもそこにそのままの姿で留まっており、好きなときに持ち出して、過去も未来も自在に通ずる。ビリヤードや熱機関の形でモデル化されたそれらの玩具は、物理学者の間に非常に局所的な議論を起こした。

ここでそれらの特殊な玩具が、実際のこの宇宙内で想像されたことは重要だ。想像可能であるならば、それは実現可能であるのでは。

この意見に対しては、強い反論が二つある。

一つ、想像が可能であっても、そこには人間には制御不能な操作が含まれている。

一つ、ここまでに実現されることがなかった以上、玩具の方が間違っている。

発議より百年近くの長きにわたる議論を費やしたこれらの疑義への見解は、以下のようにまとめられ、おおまかなところ終息した。

可逆な計算を行うことは可能である。

ただし、計算のログを捨てることにより、系のエントロピーは増大する。すなわち、過去へアクセスする鍵は破壊的に失われる。

ならば、全てのログを保持しておけば良いのでは、という意見には問題があることが早晩知られた。何を捨て去るべきゴミデータと見なすかという弁別を行うだけで、エントロピーは増大する。そしてまた、ゴミデータは必要な結果に対して、猛烈な速度で増大する。真実を内包するだけで、結果を取り出すことのできない計算などは、何のために行うのかがわからない。石板と同じ素材で書き記された真実が、石板の中に埋まっている。その石板から何かの文字を掘り出すことと、真実がそこに埋まると信じることは自ずから違う作業となる。

「そのゴミも」

とある時、羽山は言ったのである。

「計算ということにしてしまえば良いのでは」

それが私たちの行った賭けの内容である。

そんなものが構成できると羽山はした。計算を計算足らしめるのに、ログの放棄が必要ならば、捨てられる側もそれ自体で計算とみなせるものとすればよい。どちらも相手にとってはゴミと見え、あるいはどちらから見ても計算となるような仕組みを考えてしまえば良いのでは。

その種の無茶な試みは、どのみち失敗することになると常識的な立場を私は採った。成功するかも知れないが、どうせどこかにケチはつく。

たとえば、エドワード・フレドキンが構成してみせた、ビリヤード計算。ほとんどゲートボールそのままの配置が、ビリヤードの形をとった論理演算素子として実現される。この構想を大胆に敷衍《ふえん》することにより、分子は全て何かの計算に寄与しているのだという夢物語さえ可能となる。宇宙は何かを計算するために生まれたのだという大雑把にすぎる妄想は、SF作家と物理学者の想像の中では珍しいものとは言い難い。それら数多の見解中には、既存の宇宙内の構造物の方が、計算の途中で廃棄されたゴミデータであるという意見も含まれている。それらの誇大な構想に対して、そうであったらどうなのだ、という以上の感想は私にはない。

ビリヤード計算に対しては、人間がそれを実際に構成できない理由が知られている。ビリヤードの球同士の衝突は、安定ではない。というのは球の配置や速度にほんの少しの誤差が生ずるだけで、システムエラーが指数的に増大してしまい、球は野放図に暴れ出す。それは、何をゴミと見なすかを判定する以前の問題だ。ただ闇雲に動き回るものを計算と呼ぶなら、花鳥風月何をでも、好きに計算と呼べば良いというのと何の変わるところもないからだ。

勿論、人間を超えた何物かが、全てを超厳密な計算状に配置した、という可能性は残る。残るだけで、そんなものを可能性と呼んで良いかは人によって意見が分かれる。

その種の可能性を認めることは、下手な宗教に帰依するよりも余程思い切った選択であると、私は思う。

## 四

非常にか細い経路を抜ける、それは夢だ。

願望充足夢と呼ぶにもとりとめがなく、細く、微かで、とりつく島が最初からなく、宙空に浮く。誰が何を望むかは、その人物の自由である。それが私の現実に影響を及ぼさない限りにおいて。誰がどんな種類の妄想の中にとりこまれようと、たとえそれが自力では脱出が不可能であると知れた種類の妄想だろうと、とりあえずのところ、私自身の問題ではない。女を幻視したいのなら、ついでに実際に見たと信じることまでもができるのならば、それはそれで構わない。

羽山は、そのチェス盤の上で、駒が動いたとした。

「詰ませて、消えた」

と言ったのだから。

チェスの逆問題を解いていた羽山の放置しておいたチェスの盤面。羽山は王手の盤面から、チェスの駒を遡らせた。誰だかわからぬその女は、また駒を動かし直して、王手の盤面へまで差し戻した。

「良いだろう」

私は言う。この計算は、とノートを閉じて片手で振りながら確認する。

「全体として可逆計算をなす」

羽山が首を斜めに頷くのを待ち、続けて問う。

「全体として、計算ログを破棄せずに動く。その動きが張る面の上で、エントロピーは増減しないが、過程は二つに分裂する。互いに自分の計算を進めるために、次の交叉までは相手を不要な使用済みデータと見なす」

羽山がやはり無言のままに頷いてみせる。

便利のために、総量はゼロとしておく。二が生ずれば、マイナス二。三が生じて、マイナス三が対となって生まれれば、総量はゼロのままに留まり続ける。互いの影響を打ち消し合いながら、一方は増え、一方は減る。そしてエントロピーの増加する方向が、時間の進む方向となる。すなわち、互いは互いを、時間を逆に進んでいる相手と見なす。

もうひと声。

「このパズルの中で、二つに分かれた二本の軌跡は、等エントロピー面上で無限回交叉するようにできている」

羽山の口元に、歪んだ形で笑みが浮かぶ。

「それはまだ証明していない。その条件は、賭けの要件に入っていなかったから」

「お前が見たという、その女が証明だと、そういうことになるんだろうな」

等エントロピー面の上に横たわる一匹の蛇。蛇の胴の地点に発し、二つに分かれて宙空に踊り、また別の地点で交叉する二本の軌跡。蛇を貫き縫いとるように、互いに逆方向へ進む二本の針。針はとうに通過してしまった後であり、その針には速度がない。何故かというに、無限の過去から無限の未来へ、既に縫いとりは終わってしまったあとだから。距離を時間で割って速度が出る。無限の長さを有限で割り、速度は無限の大きさを持つ。無限の速さは、ただの大きな速度とは本質的に異なっている。ただそこにある線と変わりがない。

等エントロピー面上で起こる事象が、可逆チェスの形をとっているのであれば、駒運びを接地点に利用して、パズルは進行し続ける。羽山はこのチェスを起点にして、パズルの全貌を、多分着想したのだろう。どこの空間で行われるとも判然としない計算が、凝り固まって白と黒の市松模様の上に結晶する。

それ故に、羽山は逆へと進む駒を見る。逆に動かす駒が逆に動かされるのを見ることになる。女云々に関しては、羽山個人の趣味問題。男の逆が女であるとか、それは証拠とかいう代物ではなく、全体が嘘っぱちとする根拠に近い。

チェスの形で、逆問題を解く羽山。逆問題の解の中には、一本の道しか存在しない。そこにもう一人、羽山より分かれ、逆問題を解く女。時間を逆に進むが故に、こちら側から観測して、チェスの駒を王手詰みへと追いつめる。二人の逆問題のソルバーが出会い続けているのは、チェス盤の上。逆問題の行われるチェス盤の上では、情報が失われることがない故に、エントロピーの増減が生じず、時間が生じることがない。どの時点もが、今こそが現時点だと主張する根拠を持って平面上に無限人の羽山と女が生成を待たず待ち構える。

無時間の中を、同じ手を指す指し手によって、王手から離れ、近づき踊るチェス盤の駒。

「それはただのループだろう。チェスの盤面は有限なのだし、同じ局面をいつまでも並べて、並べ返すだけにすぎない」

反論するのも面倒くさいと、羽山が椅子から滑り落ちながらだらけてみせる。

「違うプロブレムが二つあれば、それぞれのプロブレムの並び順で無限のパターンは作れるさ。それは、何を差異を見出す要素と選ぶかによっている。でもお前が納得する答えは、多分そういうものじゃないんだろう」

一つ、お前が忘れていることがある、と羽山は言う。

増加したエントロピーは、次の合流までの間、どこへ行っているのだと思うかと私に問う。

「チェス盤の上に限定せず、このチェス盤を含む周囲の事象が、等エントロピー面上で行われ続けていて、当然お前もこの過程に取り込まれている。あるいはお前は通り過ぎていくだけなのかも知らんが」

互いにエントロピーを増す一方で、しかし交わり続ける二本の線。それぞれの線の上では時間が進み、進むように感じられており、感じる方向が進行方向。増大したエントロピーは、チェス盤の中には収まりきらず、周囲に漏れ広がって時間を回す。

そこに海が広がり、海底に横たわる巨大な恐竜の背骨がある。骨の上には互いを打ち消し合う波が同期しながら逆方向に進んでおり、足してゼロとなるために波は立たない。記述はただ骨の形をとって成り立っており、骨と骨の間の脈絡を埋める出来事は、定めることのできない空間の中の膨大な運動の中にあり、原理的に記述できない。海の中には時間がなく、蟹は蟹、海星《ひとで》は海星で打ち消し合う。死に絶えた海竜の見る夢の続き。熱水噴出孔に生まれ蠢《うごめ》く生命と、冷水吸収孔に滅び凍りゆく幽霊と。互いに互いをジャンクとみなし、記述の点でかろうじての交叉を得、ちらと姿を確認し合う、無数の亡霊。ある商空間を選択し、勝手気儘に想像力を働かせ、浮かび上がった別の風景。母体を欠いた差分の混淆の中に見られる幻。

全て勿論。

「お前がその女を目撃して、チェスの駒が実際に動いたと、認めるとした上での話だ」

それよりもっと単純な、一つの解答。

私はノートを持ち上げて、ページをぱらぱらめくってみせる。

この得体の知れない文字列自体が。

「そういう話を書き出す計算だっていうことだろう」

羽山は、無言で両手を上げてみせる。

「想像が、想像だけで存在できると思うのか」

と羽山は言う。

# 五

以下については余談と呼ぶのが相応《ふさわ》しい事柄だろう。

以上が羽山と私の賭けの話であるからには、まずその賭けの帰結を述べておくべきだと思われる。最終的に私は羽山に、金五百円也を贈呈した。羽山の立論に従うなら、なにやらわからぬ道理に従い、こちらから見た時間逆行側でも、一人の女が別の女に五百円を渡していることになるのでは、ということだ。賭けは計算全体に対してなされたものなのだから、トータルでの支払いが掛け金になるべきではと、私は特に期待せずに主張してみた。羽山が特に文句をつけなかったのは、この言いがかりに近い道理に納得したせいなのか、両宇宙を考えるなら、結局掛け金はトータルゼロになってしまうと考えたせいなのか、私は知らない。その程度の金額に拘泥《こだわ》りがないという見方は大変正気だ。

ところで勿論、羽山の持ち出してきた計算には、当然ながら穴があった。様々無茶な物理モデルが、しばしば実現を阻害される類いの障害に、羽山のモデルも直面していた。

羽山はしばらく寝食を惜しんで根をつめ、問題点の解消に取り組んだが、やがてその欠陥は本質的に抜き難いものであることを認めるに到る。

その実現を困難とする一つの要因。着想だけが記された羽山のモデルを、実際の過程として実現するには、超現実数が必要だった。それが致命的な欠陥なのか、いずれ解消されることもある技術的な問題なのか、私には判断を下す用意がない。その数が超現実数と呼ばれるのは、多少誤訳の気味がある。通常の数は実数と呼ばれ、リアルナンバーという名前を持つが、超現実数はシュールリアルナンバーという名前であるにすぎないからだ。素朴に訳せば、超実数ということになる。残念なことに、超実数の語は、超準解析《ノンスタンダード・アナリシス》に出てくる用語として先約済みだ。その他諸々、スーパーリアルナンバー等々、思いつきの限りを尽くした奇態な数はこの世の中に様々あるが、この間の用語の入り組みをどうしたものか、私にはこれといった意見がない。長く続く数学者たちの経験則に従うならば、用語の刷新はただ混乱を引き起こす。ペル方程式は、ペルがその方程式に何の寄与もしなかったことによってそう呼ばれるが、かといって巨大な問題を引き起こしているわけでもない。時間が余ったときに差し込む用の小さなエピソードとして重宝もする。

超現実数はこの世に存在するものなのか、ただの数学者の玩具であるのか、定見はない。虚数。イマジナリーなそのナンバーの実在を疑わない私にしても、超現実数となると腰がひける。

ただし、数学史を長いスパンで眺めた時に、全く役に立たないだろうと思われていた思考物が、突然有用なものへと変貌するのは、決して珍しいことではない。数学の女王たる整数論が現今の暗号技術の基礎を手ずから支えることになると予想した者はいなかったし、ポアンカレの十二面体が、この宇宙の形として検討される日がくることなど、誰の空想の中に浮かんだ試しもない。一、二、三、と順に無限まで足し、結果がマイナス十二分の一になるという一見気の触れた等式を土台とするカシミール効果が実際に観測される日がきてしまうような世の中では、そろそろ予想という語の使用法を考え直すべき頃合いなのかと思わぬでもない。

数学は役に立たないことが本分であるとした二十世紀最大の数学者ハーディの見解に、二十世紀最大の数学者ヒルベルトが激怒したという証言は、心温まるエピソードに属している。二人のうちのどちらがより偉大な数学者であったのか。それは多分問いの立て方が間違っている。

超現実数は、ジョン・ホートン・コンウェイによって発見された。その実装はこの世の物質としては今のところ存在しないが、モンスター群の確定と並び、恐らくはコンウエイ最大の業績とされる。

フリーマン・ダイソンの見解に従うならば、思考することのできたものは、いずれ宇宙のどこかに見出される。ダイソンは、超現実数を利用している自然現象や、宇宙の中でのモンスター群の発見を、ほぼ確実な未来として予想している。彼が、文明の進展度を測る指標として提示したものの一つが、恒星を壁で囲んで全エネルギーを利用する、ダイソン殻と呼ばれる構造物であることは、頭の隅に置いておくのが良いかも知れない。

羽山の見たと主張する、一人の女性。

彼の机の横のチェス盤は、今も埃を被らずにいることだけを指摘したい。一緒にその女性を目撃するべく、羽山の居室に泊まり込むような活力に溢れた年頃を、私は通り過ぎてしまっている。

「まだ見るか」

という問いに、羽山は薄く笑って答えるだけだ。

私が羽山の記したノートを、遺書と呼んだ理由について。

何かの意味で、私は羽山の提示した計算が、この宇宙のどこかで実行されていることに、特に疑いを持っていない。そこに登場しているだろう羽山について、こちらの羽山と、一度だけの軌道上の交叉があったと考えることは自由だろう。その時、あちら側の計算と、こちら側の計算は、重なりあった二人の羽山の内面で、自分たちの乗る、ことは別の時間線の姿を書き残すことを得た。それはつまり、離れ行く羽山の記した、自分がそこに存在したことを示そうとする、遺書のようなものではないだろうか。遺書が、死期の直前に書くものと決まった代物ではないことは、衆議を待つまでもないと思う。

私はあの計算を巡る解釈を、そう理解して納得することを自分に許した。羽山の能力を過小に評価するわけではないが、あの計算の数学上の実装は、羽山の能力を超えた出来事だったと、率直なところ考えている。つまりは、出来すぎだったと私は言いたい。それらが羽山の頭の中から湧いて出たと考えるより、通りすがりの誰かから手渡されたと考える方が、心が休まる。

あのノートの内容を論文にまとめ投稿し、すったもんだのやりとりの末、ようやく校正刷りを手にした羽山が、ふと訊ねたことがある。

「サー・ウィンストン・チャーチルが、二次大戦の開幕と同時に海軍相に復帰したとき、大英帝国海軍所属の全艦に打電された電文は」

私は、わざとらしく間を置いてみせ、その一文を無表情に読み上げる。

「ウィンストン《Winston》は帰還せり《is back》」

羽山は、そういうことをさっと言いたげに、小さく肩を竦めてみせた。

さてそろそろ、このとりとめもなく続いた話を、とりあえずのまとめにかかる頃合いだろう。

思考可能なものは、実現される。美しいものも、醜いものも。それらのうちの九割九分九厘が下らなくつまらないクズ同然の代物であるのは私も認める。知り合いの知り合いの知り合いから聞いた話が手を繋ぎ、全ての記述を覆う網目が、その種のクズの増加速度に、真実抗しうるものなのか、私は大きな不安を抱いている。実現される全てのものが、思考可能であるという保証はどこにも存在していない。もしかして安定でさえない記述をさえも、いつか書き記すことのできる日が来るのかどうか、今の私に言えることはそう多くない。あるいは勢いづいて繁茂を続ける忘却が、時間を流す機能と共に、知り合いの知り合いの知り合いさえも忘れ果てた話から構成された、新たな網目を形成するのか。

結局のところ我々は、自身と自然に拘束された、操作可能なつまみに触れることができるにすぎない。

書かれるのが先か、読まれるのが先か。

この問いは、卵と鶏型のジレンマを構成しない。書かれているものがそこになければ、どうして読み出すことが可能となるのか、私には全く想像できない。

「どうしてこんなになるまで放っておいたんだ」

我々にはまだ、あらゆる土台を掘り返し、考える時間が残されている。

# 墓標天球

たまねぎのたましひいろにむかれけり
上田五千石

$\beta 1 \gamma 4$

当然、溝はどこまでも続く。足下が深く、向こうへ浅い。地平線を越えまっすぐ伸びる。こうして溝を掘るのが私の仕事だ。溝はここに掘られるとは限らない。球体をぐるりと一周するように掘る。掘った先から徐々に埋まって、それでもこうして形跡だけは残っている。

いつ溝を掘り始めたのか。その問いはまだ意味を持たない。

過去のこと。それは多分。何かの意味で。しかし私は、他人の時間を逆へ向かって進んでいる。やむなき事情によってそうしている。その場合、過去とはどちらの方向のことになるのか。私の過去が未来であり、私の未来が一般的には過去と呼ばれるならば。まず方向と呼ぶのが順当ではない現状において。それでも私がこうして進む先には、いつか溝を掘り始めた頃の私がいる。だから始源は私にとっては未来のこと。そうしてみるとこの溝は、私が掘り進めるごとにどんどん浅くなっていくということになる。私はその溝を掘り込んでいくと信じながら、客観的には、浅くなる溝を経巡っていく。

一見、徒労と見えなくもない。

しかし、溝が深く育つためには、どこかの時点で浅い溝も必要だったに違いない。いつの時点で何の地点を、どこでどのように拾い上げるか、人智の及ぶ事柄ではない。生誕と同じく無色透明の機微に包まれ、見通せない。

少年が生まれる。

私が生まれる。

少女が生まれる。

どこかの地点で。

私が彼らに会った時点で、彼らは生まれる。たとえ出会った時にはもう育ってしまっているのだとしても確かにそうだ。正確に右九十度から私の記述に衝突してくる。彼らが生まれるその点は、木の股から頭を出した瞬間でも、精虫の中のホムンクルスが自分を包む一回り大きなホムンクルスを食い破った瞬間でもない。生物としての生誕の瞬間は、この時間の中に存在しない。

少年が生まれる。

少女が育つ。

少年は年上の少女と別れ、
少年は大人となって私を見送り、
少女は私の生誕を見る。

少女は生まれ、年老いた少年と出会い、
年老いた私は、こうして少年が生まれる光景を目にするのを待っている。

こんな、ややこしいだけで単調にすぎる出来事の連なりは、どこかで断ち切るべきだと私は思う。

私は多分、生まれなかった。

不在の王が、知恵者を困らせようと難題を出す。登城の際に、道も野原も通ることはまかりならない。応じぬならば首を刎《は》ねると王は言う。登城せねば同断だと言う。知恵者の解答は単純だ。彼は、道と野原の境い目を歩く。そこは道ではなく、野原ではなく、両者ではなく、あるいはその両方だ。だから彼は殺されない。あるいは両方を同時に歩いた罪で、二重の罪で殺害される。

まあ別にただ、それだけのこと。故に私は、殺害より生まれ、殺害へ到る道をこうして後ろ向きに戻っている。自身の殺害を確定させるため。過去に起こったその成功を揺らがさぬため。それでも、刑場へ引かれるよりは、遥かに気が楽というものだ。死体が刑場より立ち上がり、自身の生誕へと逆回しに戻っていく。身に負った罪が一体何であったのかは、幸いなことに忘却の彼方へ沈んでしまう。それがあまり陰惨なものではなかったことを祈るのみだが、こうして進み続けることで、いずれ身に染みてわかることでもある。少なくとも、私自身には知られることだ。知ったあとには、何も残ることがない。

勿論、罪は、球体の分割。力の環が、環そのものを境界と化し、分離の中に完成させる。剝き出しにされた傷口が、大慌てで時間を生成してみせる。動顚の中、軌道を無闇と継ぎ足していく。
少女が育ち、
少女は娘で、
少女は大人で、
少女は生まれる。
どの少女も同じ少女で、違った少女だ。少女という言葉一つで、どれだけのものを指すことができてしまうのか、思い浮かべるだけで空恐ろしい。一人の少女が、循環する生を生き続ける。一人の少女が、順をばらばらに記述される。数多の少女のスナップショットが、一人の少女を偽装する。たとえ少女の一人びとりに名前が附されていたとしても、事情は特に変わらない。$\alpha$は$\alpha$で、無数の$\alpha$の代表として$\alpha$であり、個別の$\alpha$としても$\alpha$である。
私は、この球体の上に、生まれたての私を見る。年老いた私を見る。こうして常に目撃している。そういう種類の私に問うて、先方もまた私と答える。そうしていつかの私が何処かに必ずいるのであれば、時間は必要でさえないのでは。それぞれの時計が勝手に併行するのに比べて、その方が余程単純だ。
そうは卸さぬ問屋の事情を、私としても承知している。そこには確かに、何かに向けた同情の余地が存在している。故に様々面倒くさく、こういう仕儀に至っている。

循環、混乱、併置。別にどれが真実であっても構わない。全てが真実であっても構わない。そういう話がお好みなら、全てが嘘であっても良いのだろう。私としては、あまり感心しないけれども。

βにしても事情は同じだ。

創造の朝を乗り越えて、私に遅れた少年が、身の丈程のスコップを抱えてこちらへ向けて走って来る。

一人の少年が、今、生まれる。

「扉を出たところで、変なおじさんにとっ捕まってさ」

少年は言う。当然そういうことになっているのを、今の私はまだ知っている。次の私もまだそれを憶えているだろう。次の次の私がまだ憶えていられるのか、念の為に繰り返すなら、私は時間を逆方向に進んでいる。それは老化ととても似ている。何故か、若返りには似ていない。記憶を捨てて、ただ決まりきった忘却に向かうだけのこと。

「ここはもう断ち切ったから、もう会うこともないだろうって」

なんだろうね、あれ、と少年は首を傾げている。大人になれば、そういう日も来るものなのだよ。私は言う。特に、永遠の別れとなる朝には。その変なおじさんの一人であるところの私は、あちら側に留まって、それとも溝そのものになってしまって、君はこちら側から用意ドンで走り始める。もっとも、その私とても、どれかの私の一つでしかないわけだけれど。私はいつかその私に一致するのだろうが、その判定を行うのは私ではない。

それは、このお話の、ほんの一瞬前の出来事。その瞬間のことはこの球体に記しえない。お話の前にお話を置かなければいけないとしたら、お話はいつまでもはじまることができないから。

少年は溝にスコップを突き立て、体重をかけて押し込んでいる。溝の縁で梃《てこ》を使って、体ごと乗っかるように土を抉《こじ》る。少年と大地の力比べは、スコップが勢い良く跳ね上がり、ぼろぼろと土が落ちることで周期を終える。穴はほんの少し深くなり、飛び散った土が、他の部分を浅くする。負に浅い穴は山と呼ばれる。球体の表面で少年は遊ぶ。これでは手伝いなのか邪魔をされているのかわからないが、溝を掘るのは私の仕事だ。

「こうやって、地球を割ってしまうことなんてできるのかな」

少年が問う。私が割ろうとしているものは、地球ではない。一見そう見えてしまうというのは、そうだろう。

「見たままをただ見ていれば良い」

私は言う。

「見えるものしか見えないものね」

少年が合いの手を入れ、再び、果敢にスコップを押し込んでみせる。

まるで遥かな昔から、ずっとそうしてきたかのように。こうして出会ったことが、決してはじめてではないかのように。今そこで唐突に湧き出した者とは思えぬ見事さで動き、働く。

私は、この種の手違いを正すためにここにいる。その作業の全貌はやはり巨大だ。一瞬で修正できるものであるなら、作業は記憶にさえも残らぬだろう。自然が絶えず、落下する石の軌道を修正し続けているのと同じく、あたりまえの事柄として、私は齟齬《そご》に気づきえず、運動をただ無視するだろう。これ以上の解決策を見出せぬ愚かな私の視点のせいで、私はこんな羽目に陥っている。それを結構楽しんでいる。

一位の天使が始源を認識することで、最も外側の天球を回す。二位の天使が一位の天使を認識することで、その内側の天球を回す。三位の天使が二位の天使を認識することで、更に内側の天球を回す。

君にも見えているように、宇宙はそうしてできているのだ。

「星のことだね」

少年が短く返答する。スコップの持ち手に片手をつき、昼の空を見上げて思案顔で目を細める。その通り。我らを包む天球には、星や時間が貼り付き、瞬いている。

「その外側は」

「まだない。既にある」

「大きくなっている途中なんだね」

その通り。完全に正しく、勿論完全に間違っている。外側を作らなけりゃな、と呟く私は作業に戻り、スコップを握る。地球が天球と同じく、殻でできているものならば、針のひと刺しで吹き飛ぶだろう。それとも、割れ砕けるだろう。少なくとも、天から地上のここから先に、天使の働きは及んでいない。球体にはしっかりと悪夢が詰まっており、回すべき殻同士は密着して一体となっているからだ。堆積して死に積もる殻が、ここから内にはあるだけだから。すなわちここが、井戸の底だ。表面を引っ掻くくらいでは、全く動じる気配を見せない。せいぜいが皮を剝けるくらいのところ。

「遠くの街で、羽が降ったらしいよ」

不安げな表情で少年が言う。そうかね。羽は、降るものだからな。

「街が羽に沈んだのだって」

天使も不調なのだろう。あるいは機嫌が悪いとか。天球を回すなんて仕事を単調に続けていれば、いつか飽きがくるのも仕方がない。襤褸《ぼろ》が出るのもやむなしだろう。壊れてしまって不思議はない。たとえ、同じ時をぐるぐる回っているだけにせよ。回転を認識してしまうのなら、時は何処かに降り積もる。過去へ戻って、ただの過去ではありえない。ただ二回目の過去となるだけのこと。それは勿論、悠久の過去。あるいは、過去の中の栄えある過去。

インペトゥム。創造の後、天球を回し続ける仕事に飽き果てた始源の残した力の環。ある時、始源はこう考えた。力仕事などというものは、幾何学に任せてしまえば良いのでは。幾何学の設計者はそう考えた。ただ自動的に作用して、働き続ける始源の形を模した力。

保存とは継続的な創造である。

投げ上げられた球が運動を続けるのも、天球が回り続けるのも、全ては同じ一つの力のなせる技だ。動き続けるものは、瞬間瞬間に作りかえられ、継続しているという過去ごと動きを継続する。創造は自動的に更新され、一度置かれたものは置かれ続ける。そうするように、創造を創造する力によって、創造されてしまっているから。

ある時点で置かれることと、永続していることの間に矛盾はついに起こらない。

天使に少しでも知恵があるなら、無作為に羽をばらまくなんてことを行わずとも、私を埋めに直接やって来れば良さそうなものだ。この溝が天使の不調の原因であり、私がこの作業を開始したのが、天使の降羽のせいであることは、多少厄介な状況を引き起こす。原因を否定する原因を、原因の方では取り除けない。

しかし私は、そんな気の抜けた論理によって我が身を守るわけではない。靴紐を摑んで飛びあがることはできないのだが、既にこうして飛んでいる。落下する者が靴紐を摑み、自分は飛んでいると叫び散らすことは全く自由だ。私は視点を選択している。天球のある一点に占位して自分自身を保存している。そうすることで、こうして時間を流している。別の視点をとったとしたなら、全ての流れが違ったものとして現れるだろう。

そういう意味で私は時間を創造している。これは不可避的な出来事だ。何かを選ばず、何かを語ることなどできはしない。おかげで時間を遡る羽目になっていることなど、瑣細な問題であるにすぎない。

αとβは、正しく結びつくべきだ。そうじゃないかね。

「そうなんだろうね」

少年はぞんざいに答えて溝を掘り続ける。あるいは知らず埋め続ける。自分が埋めるものの正体を知らないままに。一人前の男のように、額から汗を拭ってみせる。

少年に特に名前はない。四つのエピソード以外の外側もない。それ以上は、私の能力からして、破綻をきたしかねないから。既に今でも手がいっぱいだ。少年はそこで呼吸している。溝を掘る。汗を拭う。言葉を用いる。泣く。笑う。生きていることを証明するにはその程度のことで充分だ。ただそれだけの事実から、自分が生きていることを他人に納得させられないなら、いくら証拠を重ねてみても同じだろう。本当のところ、もう少しだけスパイスは要り、この球体はその香辛料を産しない。

αに会ったら。

「αって誰」

女の子さ、と私は言う。多分、可哀い女の子だ。それはその方が当人としても良いだろうから、そういうことだ。私からもそう見えるかは言わないでおく。そのくらいは自分で決めると良いと思うよ。

「女の子か」

少年は真剣な顔で何事かを考え込む。君の目は、髪は、一体何色をしているのだろう。君は今どのくらいの身長で、αからはどう見えると思う。太っているのか痩せているのか、それはいつのこの時でも同じなのかな。君はそれを自分で知っていると思っているが、本当のところ、そういうことはαに面と向かって聞かなきゃならない。君は今、どの視点から発せられる、何の話に耳を澄ませているのだろう。

「いいね」

ようやく答えを寄越した少年に、私は訊ねる。

「女の子か、いいね」

と少年は言う。勿論だと私は請け合う。

私は無論、扉をくぐる。扉をくぐって、環が閉じる。まるでそれがあるかのようにくぐるしかない。そうでなければ、そもそも事態が生起することを望めないから。閉じた環はいつかそこから切断される。私の視点で動く時間の、私の時間に垂直に降り下った先の私の起源へ、私はいつか戻っていく。私の起源より発し、未来へ向けて展開をした球体を、外側から切断し直す。

勿論、これら全てのことを、どの角度から眺めてもらっても構わない。

## γ3α2

辻に火蜥蜴が出たというので、少女は見学をしに家を飛び出す。右に曲がって左に曲がり、右に曲がって左へ折れる。右左右左と街路を縫うようにして駆け抜ける。同じ方向へ曲がっていっては、三度目で同じ地点に戻ってしまうことを知っているから。曲がりつつ、立方体の展開図のようだと笑みを含む。

立方体の展開図は何種類。十一種類。中でも一等好きな形が少女にはある。

順にぱたぱたと折り返すと、エデンの蛇がダイスの形に立ち上がる。だから、道を左右に曲がり続けて行ったら、箱を巡っていつか同じところに戻るのかもと少し思う。それとも道を曲がるたび、違う自分が走っていけば面白いのにと考えている。別に戻りたいところもないのだけれど。全くないというわけでもないのだけれど。何かがいつも忘れ去られてしまっていて、それは過去の方向にさえない。

変えてしまいたい過去があったとして、どうすることもできないことを、少女はちゃんと知っている。

「忘れてしまっているんだな」

そう言ったのは一体誰だったのかと、少女は思う。誰かだったのかなと、時々思い出しては考えてみる。多分、今よりもっと子供だった頃の出来事。その時に戻れたとしても、戻った少女はやっぱり子供のままで、自分が何を言われているのか、わからずにいるままだろう。そうであるなら戻ったところで意味がないし、そういう意味なら、いつでも戻っている気がしてしまう。こうして思い出してみることにより。何かをただ思い出すのと、本のページをめくるのと、どんな違いがあるのかと思う。記されたことは記されたこと。記されたものがそこにあるなら、いたはずのものはそこにいる。今の自分が昔の何処かに戻れたとして、更には何かを変えられたとして、変えられる以前はどこへいってしまうのか。

記憶の中に。体の上に。

それさえも消えてしまったあとでは、事実はどこへ消えてしまうのか。全てを忘れてしまうことができるのならば、それはそれで構わなく、構いようが全くない。でも、誰かの記憶に残っていたら。それとも書き残されてしまったなら。

昔々、何かの事件が起こりました。

昔々、それは嘘でした。

その事件は起こったのか起こらなかったのか。嘘だったのだから起こっていない。それも一つの考え方だ。でもそれは嘘じゃなかった。そう続けてはいけない理由を、少女はちょっと思いつかない。嘘です、嘘じゃないです、嘘です。嘘じゃないです。もう全部が嘘で本当です。

悲惨であった故に、なかった方が良いことなのです。

悲惨であった故に、あった方が良いことなのです。

そういうことでもないのだよな、と少女は思う。

誰も記録を残さなければ。

全ては忘れ去られてしまうだろう。そうしてしまえば、何も起こらなかったのと同じこと。その方が自然なことだと少女は思う。何かを無理矢理記録に残しておいてから、記録の方をどうこうするべきなのかを議論するなんて可笑《おか》しなことだ。何かを無理矢理記憶に残しておいて、忘れてしまえもないものだ。後から嘘だと言わずにいられないことを残すなんて、余分な手間ではないだろうか。

記録を葬る方法を記録すること。それとも、記録を書き換える方法を記録すること。変じゃないかな、と少女は思う。記録を書き換える方法が、記録を書き換える方法自身を書き換えてしまったらどうなるのだろう。元の木阿弥。面倒くさいな。

「そうでもないさ」

角を折れ続ける少女の耳に、呟き声が侵入してくる。ちらとそちらに目をやると、一人の私がスコップを手に角を曲がってやって来る。どこかで会ったことがあるような、これから会うことになるような。既に出会ってしまっているような。

既に出会ってしまっているというのは当然だよなと、目礼を寄越す私に向かって、少女は走りながら頭を振る。足がもつれたのだと気がついたのは、少女が果物屋の林檎の山に突っ込んだ後の出来事になる。

額に手を当て、頭の周囲を周回する環を片方の手で振りのけて、差し伸べられた私の手を見る。互いに直交する三つの環が、不可視の蠅のように飛び去っていく。

「話しかけたのはあなた」

少女は問う。

「当然、どの発言に対する質問かによる。たとえば私は今、大丈夫か、と話しかけた」

私はゆっくりと言葉を選び、口を開く。質問はいつも何かが足りないようにできている。だから当然、質問に質問で答えてしまうことで、不足が補われる気遣いはない。

「忘れてしまっているんだな、って訊いたのはあなた」

少女の発する意外な問いに、私は瞬時、目を泳がせる。目の前を泳ぐ眼球を見て、何を思い出すべきなのかを考える。憶えているべきことと、忘れているべきことの境い目は、私にとって曖昧だ。そういう性質の者に向く仕事がきちんとあって、細部に拘泥《こだわ》りすぎる者には向いていない。時間とは大層おおらかに流れるものだから。

「そう問うことになるのは、私じゃないね。私が何を憶えているのか、忘れているのか、誰に対してどっち向きに話すべきか、色々面倒なことなのだが」

少女は差し出されたままの私の手をとり、礼を言いながら立ち上がる。名乗る少女に、私が答える。

「私」

それは当然そうだと少女は思う。自分が少女である以前に、私が私であるなんてことは、確固すぎる大前提なのではないか。

そうでもない、と私は少女へ向けて苦笑している。

「たとえば少女は私ではない」

少女は奇妙な文法の用例に向けて眉をひそめる。そこは、たとえば私は少女ではない、とするべきところだ。それはもう歴然と、私と名乗るこの人物は少女ではない。

「君が少女かどうかは良く知らないが」

私は言う。少女です、と少女が答える。ああ、それは無論少女なのだが、私が言っているのは少女のことだ。

「どの」

と少女が顔をしかめる。もっと分かり易い話し方があるべきだと少女は思う。どの、とは、と私が問う。どの少女。この少女、その少女。あの少女。どれも少女だ。

「どの、というのはないわけだよ。事実ここには、私たち二人しかいないわけでね。私が少女ではない以上、答えは自ずから明らかとなる。私ではないものが少女か、少女ではないかだ。無論充分な答えではないが、そう考えるのが正気の答えだ」

少女は私から目を離し、周囲をぐるりと見渡してみる。細い路地に人影はない。果物籠に突っ込まれた店の人間も出て来る気配が感じられない。本当はもう一人いるわけだがね、と呟く私に、少女が不審そうな目を向ける。ここが街である以上、三人ぽっちはあまりに少なすぎるのではないか。

「みんな火蜥蜴を見に行ったのさ」

私も火蜥蜴を見にいくところだ。自分もそうするところだったと少女は言う。当然、みんなそうしているに決まっている。そのスコップは。少女は問う。

「普段は、溝を掘っている。しかし、火蜥蜴なんてものが湧いて出るなら、そっちの方が早いのかもと、毎度のことながら思ってしまう。毎度というのは推論による」

「早い遅いって何のこと」

「全てが燃えてしまうのなら、その方が余程手っ取り早いと思うことがあるだろう。溝を掘るのはそれなりの労力が必要なのでね」

「そういうもの」

「そういうものでもないと知っていてもね。蜥蜴くらいでは火力が足りない」

なんとなくわかる気がすると少女は頷く。火事は、記録全てを消してしまってこその火事だろうから。火事と書かれている文字が、それだけで発火するくらいの火力は必要だろう。この火はまだ、その火ではなく、火ではそもそも力が足りない。大体、見知った歴史と順序が違う。宇宙は、無から生まれて、洪水に飲まれ、燃焼《エキュピュローシス》の中に崩折れるのだ。

「洪水はとっくに起こってしまっているのかも知れないよ」

私は笑いを堪えきれない様子で身を震わせる。

燃焼の記録が残るのならば、火でさえもまだ不足なのだ。燃焼の後も何かが残り、洪水が来て、燃焼が来る。燃焼と洪水が繰り返すなら、どちらが先ということはほとんど問題にさえなりえない。

「そういうことなの」

少女は露骨に落胆を見せ、続けて訊ねる。そういうことであっても良いが、まあ洪水はこれから起こると私は答える。何せ私は、時間を逆に進んでいるのでね。過去のことは請け合って良い。それはつまり、ここから先のなりゆきだが。少女が仰《の》け反《ぞ》る。

「何のために」

「ためというのは別にない。そういうことになるしかないからこうしている。この説明は、記録の中に入り切らない恐れさえある。別に君の過去を書き換えたりする気はないから安心して良い。単に幾何学の問題なのでね。このこと自体が、幾何学の設計者の不手際とも言える」

「今こうして書き換えている気がするけど」

少女の発言に、私は思わず目を瞠《みは》る。知っているはずの出来事に、驚愕の念を新たにする。いや、私はそれを知らないはずだと思い留まる。

「何も面倒なことなどないよ」

疾走中の少女の呟きへと私は戻る。

「今残っているものが、今残っているものだ」

少女は肩をすくめかけ、途中でやめて私を見つめる。私は一つ頷いてみせる。

「私が私であるのと同じように、書き換えが書き換えられた末のとりあえずの終着点が今ここだ。これ以上書き換えることができないが故にこのざまで、残りうるものだから残っている。書き換えは安定だからこそ、こうしてある。どう書き換えても、書き換え方は何かの意味で書き換え方だ。できることは限られていて、行われうることは既に行われてしまっている。行き止まりの先の袋小路が、球形をしたこの星だ。入り口もなく、出口もなくて環が回る。だからこそ利用のしようがあるわけだが」

「でも、綻びてしまっている」

少女が言う。

「残念ながらそれは違う。綻びることなどできないのだよ。綺麗さっぱり滅びることができないようにね。火蜥蜴も、洪水も、羽も。綻びの結果生じるのではない。罅《ひび》から染み出すものでさえなく、ただそれだけのものにすぎない。最初から古びを真似て造られた建物と同じ」

思考に埋もれていこうとする少女へ向けて、別に理解する必要はないと私は言う。それは少女の仕事でも、少年の仕事でもないのだから。それは、静止したまま機動する。玉葱のように、どこまでも剝ける。本当は、倉庫の中に放置され、腐りはじめた玉葱が一つ転がるばかり。

「見に行こうか」

私は少女を促してみる。

何をと問い返す少女へ向けて、火蜥蜴を、と無論答える。

少女と私は、辻へと向けて肩を並べて歩き始める。足下をオレンジ色の二十日鼠が駆け抜けていく。燃え盛る鼠の群れが道の向こう側から押し寄せて来て、少女は小さく悲鳴をあげる。私は両手を大きく上げて、大丈夫だと少女をなだめる。鼠が私の靴を乗り越え、靴紐が燃える。

その火は少女を焼かないことを、私は知っている。ここから少女のお話はまだ続くから。火傷くらいはするかも知れないが、命に障《さわ》りはありはしない。当然その火は私を焼く。私の役目は既にとうに終わっており、これから先に続くのは過去の私のお話だから。使命を果たした私に対し、火が躊躇することはない。むしろその火は、私のことを焼き尽くすべきだ。それがようやく、私の達成を示すことになるわけだから。しかしそれは私が地の中心、創造の始点に辿り着いたあとの出来事になる。

「水、水」

と叫びながら、少女が道沿いの民家の扉を叩く。埒《らち》があかぬと見てとると、踵《きびす》を返して来た道を戻る。

「待ってて」

少女は叫ぶ。全身を炎に包まれて逃げまどう鼠を追い抜いて、自分の家へと向けて疾走する。無論、まだ大丈夫。私は確かに火に焼かれるが、まだ焼き尽くされるところまでは来ていない。そうでなければ、このお話がはじまることなどできないのだから。無《エクス・ニヒロ》よりの生成。無よりの生成よりの生成。無より生まれて成長をした一つの球が、外殻よりを開かれていく。私にとって、これは帰り道のお話なのだ。

ちょこまかと走り回る鼠に火が回り、皮を、肉を焼いていく。小さな鼠の骨格が、こけつまろびつ走り続ける。骨が砕けて、火を発する魂と化し、迷走を続け、徐々に速度を落としていく。魂さえも燃え尽きて、辻は、渦巻く鬼火の群れに覆われる。青白い燐光に囲まれて、生焼けの私は手持ち無沙汰に突っ立っている。

少女が私の手を引こうとしなかったのは賢明だ。私が少女の導きを許容する道理はないのだから。そしてまた、少女の後ろを走ることもありえぬのだから。少女がそれに気づいているのか、私は知らない。

少女は水桶を振り回しながら戻って来る。水の半ばは既に零《こぼ》れてしまっている。焼け残りの私をみつけて首を傾げて、少女は躊躇《ためら》いがちに水をかける。平気そうだけど一応、と前置き、私に水を注ぎながら問いかける。私の衣類が、じゅうじゅうと鳴く。そういえば、と私は胸ポケットを探る。手紙の燃えかすを私は見つめる。

「火蜥蜴なのに、鼠だった」

少女がぽつりと呟いている。

「火鼠の皮も、良く火に耐える」

火鼠の裘《かわごろも》。仏の御石の鉢。蓬萊の玉の枝。龍の首の珠。燕の子安貝。つまりこれは、宇宙の終末なんてものではなく、勝手にやってきてそこで滅びる求婚者たちの演じる茶番。

「でも燃えてた」

「その程度には、強い火なのだよ」

「ねえ、みんなは」

と思い出したように少女は問う。

「みんなとは」

私は少女の瞳を覗き込む。

「少女のことかね、少年のことかね。私のことかね。誰でもそのうちのどれかではある」

私はきっとそう言うだろう。

## α3β2

ある時、ある街に、真白い羽が降り注ぐ。羽は何かに触れると割れて砕けて、更に小さな羽となる。降り積もり、積もり砕けて極微に分かれ保存しない。

保存は継続的な創造である。

創造の底はすっぽ抜け、真黒い口を開けており、全ての細部が網目をすりぬけだだ漏れている。故に、街は埋まらない。肺が微小の羽に埋め尽くされて溺れることも起こらない。指先で触れ、薄い硝子のように張りつめる。長さに応じた正弦波を残して割れ砕ける。

街には八つの大塔が立ち、頂点に鐘を備えている。朝を告げる鐘の響きが球面状に拡がって、空気の疎密が羽を打ち砕く波面となって進行する。高音に発し高音へ向け、可聴域を突き抜けて、羽は街の時の進行を告げていく。

羽は三日と三晩降り続き、徐々に大きさを増していく。初日には鴉の羽ほどだった何かの種類の結晶は、三日目の朝には大人の身の丈程になっている。人に当たって羽は割れ、巻き添えにして人をも割る。腕を割り、肩を割り、脳天を割って天井を割り、街の人々は出歩くことをやめてしまう。

四日目の朝、ひときわ大きな羽が舞い降りて来て、一人の少女を連れ去るのを街の人々は目撃する。少女は両手でスカートをおさえ、行儀良く小さな悲鳴をあげてみせる。羽は力強く羽搏《はばた》いて、少女を高空へと舞い上げる。羽が割れてしまうことが恐ろしく、少女はなるべく動かずに、小さな体を硬くしている。

小さく細く、網目の一部と化していく街路のどこかに、少女は小さな点をみかける。少女の名を呼び叫び、少年が一人、羽に構わず街路を走る。身をかわし、突っ込み、転び、立ち上がり、がむしゃらに手を振り回しながら、高音を発し振動して砕ける白い粉まみれになって、走り続ける。

見当違いの方向へ走り続けて小さく消えていく少年の姿を、少女は冷ややかに眺め続ける。男の子というのはいつまでたっても、光線の具合というものを理解しないのだと溜め息をつく。普段から鏡を見ない、それは報いだ。

これがどうでも、そういうことだ。望むと望まないとにかかわらず。少年は少女に追いつけない。羽に運ばれながら少女は思う。肝要なのは、連れ去られること。羽に飛ばされ、火に焼かれ、水に溺れる。爪に掴まれ、半人半馬の脇に挟まれ、それでも誰かがいつか助けにやって来る。連れ去られる前には何故か来ない。少年が常に違ったものを、何故かそのものだと信じて追いかけること。全てが終わったあとに現れること。攫《さら》われるのが使命であると告げるかのように。

俺を信じて、その崖を飛び降りろと誰かが言う。

わたしを信じて、その崖を跳び来てくれればいいのにと少女は思う。

少女は時間に拉《らっ》し去られる。

少年が少女を追いかけようと必死になって時間を進めば進むほど、両者の距離が離れることを、諦め顔で高みから見下ろす少女は見てとっている。離れていっていつか戻るが、全ては遅きに失してしまう。

まだ出会ってさえもいないのに。

五日目の朝、一つの街が、巨大な羽に押し潰される。踏みつぶされるオルゴールのように調子はずれの歌を奏でる。

だから一人の少年は、しょうことなしに旅に出る。益体《やくたい》もない冒険を、形だけでも遂行しようと試みる。

あらゆる旅の手段を用いて、彼なりに少女の姿を追いかける。遠目にちらりと見ただけの、少女の姿を想像する。絶えず前にあるようで、裾を見せては角に消える。連れ去られれば追うものだ。誰ともわからなくとも。連れ去られる前に追いかけてしまえば早いのだが、実際に連れ去られるまでは、誰を追いかければ良いのかわからない。全ての少女を追いかけるわけにはいかず、全ての少女が連れ去られるということも、多分またない。

無論、少年は誘惑に遭う。

道を歩いて来た巨大な豚が、少年とすれ違い様、泥土の中を転がって、十四個の乳房を見せつける。少年が無視して通り過ぎるのを、あっけにとられて豚は見送る。仰向けの姿勢でひっくり返る視界を戻して、豚はとことこ、少年を追う。少年に追いつき追い越し、振り返って足を踏ん張り、道を塞ぐ。

「雌豚です」

と雌豚は言う。思案顔の少年が、一応名前を名乗って返す。

「そういうのはあまり良い趣味じゃないよ」

と苦言を呈す。本当に雌豚だからって、自分のことを雌豚と言うのは良くないよ。豚の気持ちにもなってあげた方が良い。本当はそう言いたいのだが、豚は本当に豚であって、悪いのはこの豚の方ではないのだと考え直す。

少年は、豚の背中をやさしく撫でる。

「ぶー」

と豚は言うのである。

豚と少年は、しばらく一緒に旅を続ける。豚は快く少年を背中に乗せることに同意する。茸の在処や、食べられる動物の住処を教えてくれる。食べ物がみつからないときは、気前良く自分の一部を少年に提供してくれる。その旅は、少年が豚を食べ終わるまで一緒に続く。最後には鼻の先っぽだけになっていた豚は、フライパンの上で泣いている。

「あなたは最後まで、わたしを豚だと思っていたでしょう」

「うん」

鼻の穴にフォークを突き立てながら少年は言う。

「そうなのです。私は豚だったのです」

そうなのです。と鼻声で豚は言いつつ少年の腹に収まっていく。

少年は、地上のあらゆる場所を、少女を求めてさまよい続ける。少女の名前を呼ばわりながら、あらゆる街のあらゆる壁に、少年はメッセージを残して歩く。そうすることにも疲れてしまって、魔法使いからテープレコーダーを買い求め、自分の声を録音しておく。

「僕は君を探し続けるよ」

「僕は君を探し続けるよ」

「僕は君を探し続けるよ」

テープレコーダーは、単調に少年の声を再生しながら、背に負われて運ばれていく。一度書かれてしまえば本来それで済むはずのことを、ただ単調に繰り返す。

「そろそろ巻き戻して下さい」

ある日、テープレコーダーがそう言い出して、少年は、魔法の機械を破壊する。

「別に、少女そのものをつくることもできるのだがね」

苦情を持ち込まれた魔法使いは、年長者らしい分別を示し、提案する。

「それは少女じゃないわけでしょう」

だいたい似たようなものではあるわけだよと、魔法使いは小五月蠅《こうるさ》い客へと向けて、熱のこもらぬ調子で続ける。

「別に、少年そのものをつくることもできるのだがね」

少年は少し考え込み、少女と少年を一体ずつ注文する。代金を払うと完成を待たずに旅を続ける。いつ戻って来るのかと訊ねる魔法使いに、二度と戻らないと宣言する。だから結局魔法使いは、代金だけを受け取って少年と少女を作成しない。

一体全体、やる気はあるのかと少年は不平を漏らし続ける。

そこいらじゅうをひっくり返し、机の下を覗き込み、引き出しを開け、タンスを開き、道端の小石をひっくり返し、ゴミ箱を蹴り倒してはぶちまけながら、少年は少女を探し続ける。知り合った人々にポケットの裏側を見せてくれるよう頼み、その場でぴょんぴょん跳ねてみせることを強要する。少女がコインとぶつかる音が聞こえないかと、少年は首を傾け、耳を澄ませる。

もっと別のところを探した方が良いのでは。人々は少年へ向けて助言する。そう、たとえば酒場とか。そういうことではないのです。と少年は言う。そんなところに、いるわけがないではないですか。ああいう種類の小娘は、いるはずもないところに隠れているに決まっているのです。

どんな姿の少女であるのか、人々は少年を問いつめる。知りません。知らないのです。空に連れ去られる姿を見たような気がしただけで、二人で話をしたことはおろか、見つめ合ったことさえないのですから。

では、出会ってもわからないのでは。

わかります、と少年は言う。今こうしてあなたと出会っていることに、疑いの余地がないように、出会うことさえできればわかるのです。そうじゃなければどうするのですか、そんなこともわからずに、あなたはどうして誰かと出会っているのですか、と少年は問う。

無論、少年は病気なのだと見なされる。医師の問を回覧されるが、病名は一向に確定しない。

「空から羽が降ってきて、その少女を連れ去ったのです」

「どの少女かね」

と医師らは問う。

「言うにこと欠いて、どのってことはないでしょう」

少年は激昂し、屈強な看護人たちに取り押さえられる。力一杯ぶん殴られる。もんどりうって、降り注ぐ拳から腹と頭と自分の愚かさを守っている。

「豚を食べてしまいました」

少年は涙ながらに告白する。だから少女を探し続けなければならないのです。

個人の宗教的禁忌に触れぬ限りにおいて、豚を食べることは何も悪いことではないのであると医師たちは言う。

食べたのです。と少年は言う。

食べられました。と少年の腹の中で豚が言う。


それらの全ては悪夢に似ており、少年は悪夢の探索を開始することを決意する。もしかして、良い夢の中に少女がいるかも知れないのではという考えは、少年の頭にこれっぽっちも浮かばない。

頭の中で縄を編み、枕の下に押し込んで、寝たふりをする。少年の元へ悪夢を運びに来た黒馬が鼻面を寄せてくるのを少年は待つ。少年の寝息を確認し、黒馬は少年の髪を銜《くわ》えて、自分の背中へ放り投げる。少年は疾走する黒馬の鬣《たてがみ》にしがみつき、頭の隅に手を突っ込んで、片手で縄を巧みに操る。黒馬の首に輪をかけ締め上げ、高らかに叫ぶ。

「悪夢の中心地へ連れて行け」

黒馬は、どうどう、と言いつつ少年をなだめ、首はやめて鼻輪に通してくれないかと言う。

「それが仕事ですから、強制されなくとも連れて行きます。そもそも、悪夢には中心も端もないものなのです。あらゆるところが中心の円。それとも球。悪夢はそんな形をしていて、それ故に悪夢と呼ばれるのです」

言いつつ、若者の無礼を窘《たしな》める。

「黒馬はそのように扱って良いものじゃありませんよ。大体、何が悪夢なのかは、それぞれの人に依るのです。まあほとんどのところ同じですがね。独創的な悪夢を見るのは、それなりに才能が必要なので。孤独と同じく」

黒馬は一つ嘶《いなな》き、少年を背に風のように走り続ける。黒馬は当然、少年を球殻の中心、天国の門へと連れていく。暗闇の中、巨大な扉が観音開きに開いていくのを、黒馬の背中から少年は見る。黒馬が前足を折り、頭を垂れる。少年は黒馬を降り、門に背を向け歩き出す。

どうしたのかと問う黒馬に、少年は頭を振ってみせる。

「頭の中にいるはずがない」

その言葉に応ずるように、開きかけた扉の動きが停止する。少年は思い出したように踵を返し、胃の腑に手を突っ込んで、中から一匹の豚を取り出す。豚は少年の瞳を見つめ、一つこくりと頷くと、扉へ向けてとことこ歩く。振り返らずに、そのまま扉の隙間を通って、向こう側へと消えていく。扉がゆっくり閉じられて、周囲は闇に鎖される。

「一体、何をしに来たわけですか」

黒馬が呆れたような声で訊ねる。

「一体何をしていたのだっけ」

少年も言う。

少年は暗闇の中立ち尽くし、自分は一体何者なのかを考え込む。あまりに深く考えるので、肝心の思案は議論に飽きてどこかへ出かけ、戻って来ない。少年の足からはやがて根が生え伸びる。傍らに倒れる黒馬の死体を養分として、少年の背はぐんぐんのびて、空へと向けて生長していく。

それらの全てを、少女は空の上から眺めている。

男の子というのは、そういうものだ。何かをしているつもりで、全然別のことをいつもしている。空に巻き上げられた相手を、何故地表や悪夢の中に求めるのか。そのまま空を探せば良いではないか。道理が決定的に欠けている。

誘惑されきることさえできない癖に。

長い長い階段の途中、少女は羽を休めて腰掛けている。身じろぎするたび、尻の下の段が揺らいで、鍵盤のように小さく鳴る。階段の隙間から舞い散る小さな羽が地表へ向けて落下していく。

誰もが、最終的には、この階段を登るのに。

そんなことはないのだけれど。

少女は背中の羽に触れ、羽は粉々になって砕けて落ちる。もうそんな歳じゃないのだし。階段の横から垂らした足を引き上げ、少女は階段を登っていく。階段はどこまでも伸び、手すりもなしに続いていく。右に曲がり、左に折れて、多分この階段は、何処にも通じていないのだ。こんなにわざとらしい姿をしているからには、これだってまやかしに決まっているのだ。

β3γ2

私は、溝を掘り続ける。何故そうするのかは知らないが、それが私の仕事らしいから。どの方向へ掘るべきなのかははっきりしている。私の後に溝はあり、私の前には泥土を溜めた黒線がある。それをただ掘り込むのが私の仕事だ。そう、誰かと約束した。

見渡す限りに泥沼だけが広がっており、わずかな窪みに濁った水が溜まっている。ただ、一本の木が立っている。目につくものは押し流されて、私はあちらから来てそちらへ向かう。

溝の傍らの大きな木。葉は見あたらず、幹と枝だけが泥にまみれる。あるいは泥製の、木を模したもの。幹の傍ら、気根のように少年が実っているのを私はみつける。首吊りかとも思ったのだが、ただなっているだけだと気づいて安堵する。近づいてみて、その実は既に少年とは呼べないことを私は見てとる。その表情に浮かぶのが、木の実たる由《ゆ》縁《えん》の皺か、苦悶の表情なのかはよくわからない。

枝にぶら下がった、かつて少年だった生き物は、私の気配を感じて目を開く。

「君か」

私です、と私は言う。

「自分も昔、この溝を掘ったことがあるのだよ」

そうですか、と答えて続きを待つ。私に木の知り合いはなく、知を求めるならば、吊られ方が逆の気がする。

「君を待つ間、また掘ろうかとも思ったのだが、大人しく来るのを待つ方が良いかと思ってね。掘ると、進んでしまうだろう。溝は均等に深くしていくべきものだから」

それにしても、随分と時間がかかったのだな、と男は言う。おかげで、地に根を生やし、こうして実をつける程になってしまった。まあ、根を伸ばして地面の底を探してみるという動機もあった。当然そんなところにいるはずなどはないのだが、なにごとにも念の為というものはある。おかげで、洪水に流されずに済んだのだから、見当の方で違っていても、結果の方は間違いではなかったらしい。

すみません。と私は見覚えのない男に謝っておく。でも、溝は順番に掘らなければならないし、誰かがあっちにいるとき、他の誰かはそっちにいて、あっちとこっちで動いていると、どこかで会えなかったりするものでしょう。急ぎすぎても、きっと会えなかったのだろうし。

「だからこうして待っていたのだ。しかし、待っていたのか、どうなのか、歩いても歩かなくても、何かは進むものだろう」

そう、たとえば時間とかと私は言い、時間とか、と男も繰り返す。止まっていたら、会えるのではないだろうかな。みんな止まってしまっていれば、どうにも会いようがないけれどね。

止まっているが故に、会い続けるとか、決して離れられないとかいうこともあるのではないかなと私は思う。

男は凝《じ》っと私を見つめ、本当だったのだなと頷いている。

「俺はようやく本当にわかってきたよ。会う会わないの問題ではなく、この形では会えないのだ。だから、君はそうしている」

そうなんですか、と私は訊く。実際のところ、男が何を言い出したのか、私にはよくわからない。こうして溝を掘り続けるのに、どんな意味があるのだろうか。まさか本当に、こうしていつか、球を両断してしまうことができるとでも。

「切り取り線って奴だろう」

男が言う。必要なのは、適切な指示で、実行じゃない。何もわからないところで闇雲に働いたって、無駄なのさ。俺は随分と長いこと、そうし続けてきたのだけれどな。歩き疲れて、地面に根を下ろしてしまうほどに。あるいは生えてしまうほどに。

「想像するんだ」

男が言う。

しています。と私は素直に従っておく。考えられないことを考えること。これは語義矛盾って奴ではないのだ。それまでは考えられなかったことを新たに考えることができないのなら、何かを考えることがそもそも不可能となってしまうから。

「まあ、そう肩肘を張るものではない」

男は爪先で地面を蹴って、ぶらぶら揺れながらあとを続ける。

頭の中に球を浮かべろと男は指示する。私は球を想像し、机の上に置いてみる。球は転げて端から落ちる。端から落ちて、床で砕ける。私はそれを放置して、新たな球を机に置くが、その球も想像の中でまた転げてしまって端から落ちる。一度別の形で想像してしまった故に、二度と想像できないものが私の中で失われる。それはたとえば、机の上の丸い球の形をしている。机の上のグラスに似ている。何かに刺さる、ナイフに似ている。出会って分かれる、犬に似ている。

その運動は時間に似ている。

丸い球と机の相性は、思考の中でも宜しくない。だから球は転げるのかなと、私は思う。不安定とか言ってはみても、不安定という性質自体は安定だから、こうして考えることができるのであり、むしろそれしか想像できない。

机の上に置くのは危険だ、と私の思考を見透かしたように男が言う。球なんてものは、宙に浮かべておくのが良い。端がなければ落ちようがない。人は星一つを考えるのに、星の貼りつく天球を考えるようにできていない。二つの星を浮かべてはじめて、ようやく天球を考え出すのだ。何故か、互いを回るようには考えない。奇妙なことだね、と男は言う。確かに、虚空に一つの球体を思い浮かべて、私の頭の中で球体は一人で凝っとしている。どちらに転げて良いものなのかがわからなくなり、そこに留まる。あちらに転げる理由とこちらに転げる理由が釣り合って、なにとなくそこに留まり続ける。両側に等しい藁を積まれたために、右も左も選べずにその場で餓死したビュリダンの驢馬。もしかしてその驢馬の頭の中で繰り広げられた激しい思考。高速で回り続けるが故、かえって停止してみえる車輪。

環を三つ、考えるのだと男は言う。互いに直角に交わるように、球面上に三つの環を描く。その環の上を一方向に巡る点を、それぞれの環に対して考える。三つの点が、決してぶつからないように、点を回してみると良い。

そのたとえは奇妙だと、私は指摘してみせる。互いにぶつからないように動き回る三点なんて、どうしたって出会いようがないではないか。

男は笑う。

「これは本当は、君が考えた理屈なんだぞ。俺が君から聞いたのだから。球面型の広がりを、空間ではなく、時間なのだと考えるんだ」

そんなことを言われても、何が何だかよくわからない。点が球面の上を巡るのならば、点の動く行き先が時間の進む方向だ。方向は指で示せるのであり、平べったく広がっているものではありえない。そうでなければ、どちらへ進むべきかもわからなくなってしまうではないか。道を尋ねて、地面を指される。あちらでも、こちらでも、どちらでも。

不平を並べる私に向かって、いくら暇があったからといって、俺にこんなことを思いつけたとは考えるなと男が言う。理解などはしていなくとも、こうして伝えることはできるのだから。

男が片手でポケットを探り、ナイフを取り出す。頭部から伸びる萎《しな》びた縄へ刃を当てる。洪水の後、男を吊るし、地面へ向けて差し出した縄を、錆びたナイフが削っていく。切り落として地面に降り立つ。残された木と、実としてなった男と、どちらが男の本体なのかとちらと思う。男はぬかるむ地面に構わずしゃがみ、ナイフの先で、図を描いていく。時々考え込みながら四角を描いて、階段状に六つ連ねる。横目で私の様子を窺う。

「立方体の展開図は」

「十一個」

と私は答える。男は、よろしいと頷くと、四角の中に文字と数字を記していく。

「君はγで、俺はβで、彼女はαだ。番号順に経巡っている。同時刻には出会わなくとも、過去のどこかや、未来で出会う。勿論こうして今出会う。三つの時間がいつのまにか置かれていて、変わりようもなく回っているだけのことなのさ」

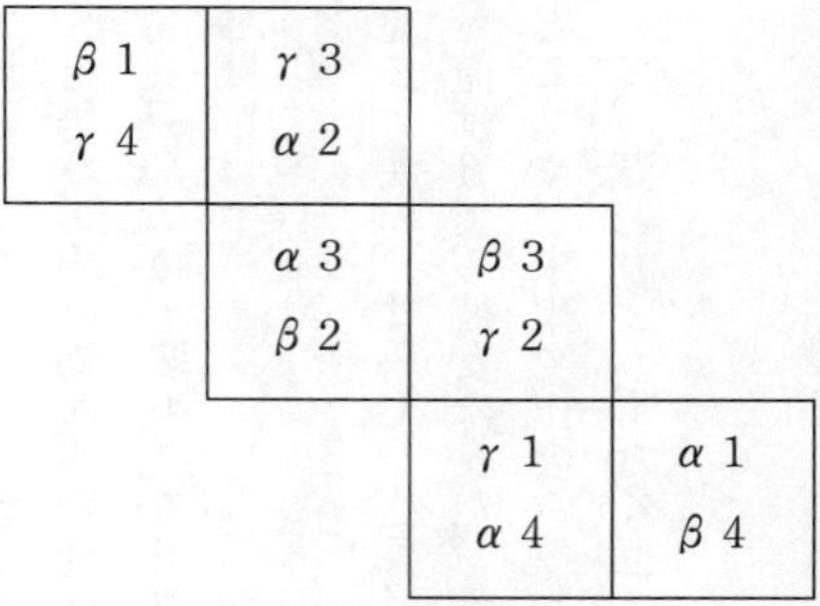


私は泥に書かれた図形を頭の中で組み立ててみる。蛇型に横たわる図形を立ち上げて、四角く組む。頭の中で、立方体を転がしてみる。三つの環をそれぞれ1から4まで追いかける。4まで行って、1に出戻る。

ふうん、とまあ思っておくことにする。こうして記録されてしまうのならば、確かに球自体に時間はない。動いているようで動いていない。ただこのように並べられたおかげで、視線に応じ、動いているかのように見えるだけのことにすぎない。左上から右下へ。私は図を睨んで呟いている。右、左、右、左。私はそのように進むのだろう。しかし、男の言うには私は$\gamma$だ。$\gamma$は球の上でただ環を描いているだけだったのでは。

「質問はなしだ」

男が不機嫌そうに言う。正直、俺にはよくわからん。わからんというのは俺の自由だ。むしろこんなことはわかりたくない。それとも俺は、わかったと言う。わかったと言いつつ、教える気はない。どちらがどちらか、全くそういうことではないのか、更にもっともらしい解説がどこかにあるのか、好きに決めつければ良いと捨て鉢に言う。

「$\gamma$の番号を逆につければいいのに」

$\alpha$と$\beta$を順に目で追い、私は$\gamma$の動きを確認して言う。そうしてくれれば、私としても、時間を逆行するなんて面倒なことをしなくて済むのに。

男がくすくす笑い出し、その程度のことであるなら、自分にだって説明できると胸を張る。何と言っても、この図を頭の中で組み立てるくらいしか、洪水の間にできる暇つぶしもなかったからな。水の動きは厄介すぎて、捉えられそうで捉えきれない。

「君のことだから、渦を見つめて、お前の動きは不可解すぎると言って渦に身を投げた男の名前を知ってるだろう」

アリストテレス。勿論、私はそれを知らない。それはこの球体の外側にある種類の知識だから。更にはアリストテレスがそうして死んだというのは後世の作り話であるにすぎない。今の私たちに後世はない。この男の話につきあうならば、私たちは、ただ球体の外側に貼り付く記号だ。あるいは箱の内側に封じられた三つの時計の文字盤だ。箱の外には黒い時間が渦巻いて、私たちにはそれを感知する方法がなく、見つめる術もありはしない。

「箱の中の番号を足せ」

男が言う。

私は、男の記した図を睨み続ける。一つの箱の中の番号を足す。どの箱でも五になることを確認する。

「だからなに」

と私は男に問う。

男はただにやにや笑う。苛立つ私へ向けて、美しさというものらしいとようやく続ける。

「無論、そうでなくてはならない理由はきちんとあるのだ、だがその理由を示さずとも、とにかく理由があるのだろうという直観を、与えることはこうしてできる。その合致がただの偶然の一致ではないと感じることができる相手に向けてなら」

　私は箱を球と解して脳裡に浮かべる。同一方向へ回る環。何かの意味でそうなる環。同一方向へ回るが故に、こうして開いて逆へと進む。

　ならば、ただこの図があれば、私たちは要らないのでは。それとも、図に関する説明だけが、私たちの本質なのでは。ただ最初に図があって、その図が無茶なものであるせいで、様々言い繕っている仕組みの方が私なのでは。私の視線が箱の展開図を生み、私は箱の解釈でしかない。これは、何かの不手際だ。おそらくは、幾何学の設計者の。

　私は箱を睨み続ける。私の源であるかも知れない箱を頭の中で転がし続ける。箱を転がすのは私。その表面で転がされるのも私。右、左、右、左。転がる。その表面に時刻を刻んだダイスが転がる。意図を持って転がされる。転がされて生じるのは時間。時間によって、転がされる。

「逆なの」

　私の頭の中に、一人の女性の声が響く。何が、と私は思考を戻す。時間によって転がるのが。時間は、ダイスの表面で凍りついている。ならばダイスを転がす時間は。なるほど、あの人の言うのは、何かの意味でそういう意味だ。それは多分、そういうことだ。

ダイスの出目が、時間を生ずる。

私の視点によって、ダイスは転がる。

私がこうして視点を選択してしまうことにより、ダイスは展開図に広がり、追われる。あるいは、私がこのようにしか語れぬが故、一見、一つの方向へと流れている。しかしそれでは、まだ足りない。一つの時間を生み出してみて、環が一つになるだけだから。

あの人とは誰かと男が問う。

女の人に会ったのだ、と上の空に私は答える。

一体何処で会ったのかと男が突然気色ばむ。何かをようやく思い出したように、鉱石じみた瞳に潜む何かが切り替わる。急速に顔に生気が戻り、私の首を締め上げ摑む。その図に描いてあるじゃないかと、私は言う。双六《すごろく》なんだよ。ダイスの表面に何が起こるかが書いてある双六なんだ。双六の書いてあるダイスなんだ。

「勿論、それはわかっている」

「私の過去だよ。あなたの未来だ」

違うのだと男が言う。

「お前はどこで彼女と会った」

「階段で」

この展開をするのがお前だとして、何故4番は後ろに固まって置かれているのだ。男が私の肩を鷲づかみ、前後に激しく揺さぶり続ける。

「一体、何を企んでいる」

私は何も知らないし、知ることはできないのだと私は言う。何故ならそれは、私が生まれる時のお話だから。私はそれを語りえない。企んでいるのじゃなくて、こう並べないとそもそもお話にならないのだ。なにかの筋道をつけることを優先するなら、時間なんて大したものではありえない。時間が通って筋が滅茶苦茶に散らばるのか、筋が通って時間の方が滅茶苦茶なのか。どちらが良い時間の使い方かは明白だ。私たちはどこから来た。少年と少女を私は見る。それでは私は。私は、誰に見られうるのか。

「頼む」

昔少年であった男は言う。崩折れ、泥に跪《ひざまず》く。

勿論、それが私の役目だ。

こうして無理繰りに時間を紡ぐ私に、他の目的などあるわけがない。

## γ1α4

扉を開けて出て来た僕を、少女が迎える。勿論もう少女だなんて呼べる歳ではありえないにもかかわらず、僕は少女を少女と呼ぶ。僕へ向けて顔を上げ、眉根を寄せるとそっぽを向く。

「遅い」

と少女は一言を置く。

あまりの暇さ加減に、少女が思わず登り続けてしまった、途方もなく巨大な螺旋階段。三つの階段が入り組み混じり、互いの道を交叉させてまた離れる。

二枚の扉が直角に肩を接する踊り場の端、少女はやはり、足を垂らしてぶらぶら揺らす。

本当のところ、一つの環。でも時間のことも空間のように考えるなら、環を巡ることは本来、螺旋を描くことに対応する。残念ながら実際のところ上昇はなく、厳密に元の地点に戻る。環を描きつつ、球面の上に拘束される。

当然ここには三つの環。螺旋は本当は環なのだけれど、それでもやっぱり螺旋を描く。全く同じ形をした、全く同じ見かけの地点に戻った場合、それは過去に戻ったことになるのか、やっぱり違う場所にいることになるのか。万華鏡を覗きこんで、この中心とあの中心、どちらが本当の中心なのかと問うてどれでも良い。この中心には僕がおり、あの中心にも僕がいる。どちらも同じ僕であり、全く違う種類の僕だ。好きなように考えれば良く、僕は考えられたようにそこにいる。そちこちにある。つまり、どちらで考えても良い。球面を走る三つの環でも。互いに交錯を繰り返す三つの螺旋階段でも。鏡の前の僕が本物でも、鏡に映った僕が本物でも、どちらがどちらも本物でも、現実に何の関連もなく、考え方の違いしかない。鏡の中の僕が刺されて、鏡の前の僕が倒れる。鏡の前の僕が刺されて、鏡の中の僕が倒れる。どちらも全く同じこと。

「もうくぐってしまおうかと思ってた」

階段の向こうの虚空へ向けて少女は呟く。両手を尻の横に突っ張り、足を引き上げ、踊り場の端に踵をつける。踊り場にも階段にも手すりなんてものは見当たらず、ただのっぺりとした段が続くばかり。踊り場さえここになければ、階段の平らな面と垂直な面、相互を入れ換えてしまっても、ここでは気がつきようがない。

この踊り場で僕らは出会う。

少女はおおらかに丸みを帯びた体を持ち上げ、尻のあたりをぱんぱんと叩く。体から微小な羽が飛び出して、階段の外へ落下していく。階段の外には、あらゆる色。つまり白。透明に澄み通る、不可視の白。向こう側の先にあるもの。見えないせいで、向こうのものを見せる色。青と赤と緑が渦巻き、調子を乱し色を生じる。僕たちの輪郭が、白色光を分解して七色に滲む。地の面は光の洪水に見舞われている。光の色をした水が溢れて、球体を天球の下に沈める。見えないほどに澄み切った、角度だけが姿を見るためのよすがとなる、それとも僕らが既に溺れている透明の水。

「はい」

少女は僕に封筒を差し出す。

僕はちょっと怯えた顔で、封筒を受け取る。表に宛書きの類いは見当たらず、ひっくり返してもただ白い。僕は少女の顔を見上げる。

「昔の私に渡して」

少女は言う。昔の、と僕は単語を読み上げ繰り返す。

「すぐに思い出すとは思うのだけど、あなたは逆の方向に進んでいくから。あなたが出会った頃の少女に渡して」

「はい」

　僕は少女に封筒を渡す。少女なんていうものではない相手に封筒を渡す。僕はここで少女に出会った。今こうして出会っている。もう会っていたなんてことはあるはずがない。僕は今、扉を抜けて来たところだ。

「違う違う」

　少女は、顔の前で手を振っている。いずれわかることだから、そのまま持っていてくれれば良いのだと言う。僕は封筒を眺めすがめつ、睨んで透かし、上と下とを交換してみる。少女は退屈そうな顔で僕の動きを観察し、中に何が書かれているか知りたいかと問う。僕は頷き、封筒を上下に振って、中で何かがカサカサと鳴る。

「結局何も書かなかった」

　と少女は言う。

「だって、手紙を受け取ったことなんてないんだから、中身のことは知らないの。あなたが好きに書いておいてくれても構わない」

　僕はポケットに手紙を仕舞う。

「何が書いてあるのか知らないなら」

　僕は言う。そこには何を書いておいてもいいんじゃないかな。別の人に渡してしまったって良いんだし。だって宛書きが指定されていないんだから。あからさまに間違うために、ここには宛先が書いていないわけでしょう。誰に渡しても間違いだったとあとで言い繕うことができるように。

「そういう考え方もあるかも知れない」

まあ、好きにして、と少女は言う。どうしたって自分に届くことはないのだし、自分はそこに何も書かなかったのだから、つまり、それはどうでも良いことであるのだ。

「でもあなたに手紙を渡したってことだけは記録に残る。もしかして、もう残ってしまっているのかも」

僕はポケットの上から手紙を押さえる。少女は僕に、ただ封筒と便箋をくれただけではない。何故なら、封筒は糊づけされて封を施されているのだから。そこのところ、大事な違いだ。

その便箋には、本当に何も書かれていないのだろうか。封筒を破らずに手紙を取り出すことが叶うのならば、中身を確認することができるのに。その場合、封筒を破らずに手紙を戻すことも忘れずに。親書の機密というやつだ。

少女が少女らしい笑い声を上げ、僕は驚き目を瞠る。

「本当に中身を知りたいのなら、封筒を破る破らないは関係ないんじゃない」

そうかも知れない。でも、そうじゃないかも知れない。封筒を破った瞬間に、手紙の中身が書き変わってしまうとか。何が起こったって不思議はないと僕は思う。少女は僕の思考を読んで顔を顰《しか》める。

「何かを変えても、ただ変わっただけのことで、元の形は変わらないのに。変わる前のことは変わらない。記録されてしまったことについては諦めなさい。どうにもすることなんてできないんだから。たとえ、起こらなかったことにしてみても。そこのところを納得できれば、何をするべきかがわかるはず」

僕はポケットから封筒を取り出し、両手で持って目の前にかざす。横向きになった封筒が、少女と僕の間に横たわる。親指と人差し指を合計四本、上の辺の中央に集めて爪を立てる。封筒も、円筒も、球も同じこと。みんな同じ形をしている。

「そんなことってできるのかな」

僕は呟く。急に僕の腕から力が抜け、右手が封筒をつまんで垂れる。僕の右手が封筒を握る。小さく震える。この封筒を、引き裂いてしまったあとには。一体何が起こるのだろう。封筒の切り口は速やかに癒着して、また元の封筒に戻る。封筒の切り口は速やかに癒着して、新たに封筒二つになる。二つの封筒は、切り口から枝を伸ばして、片方が丸くつまった円筒となり、どこまでも他方の端を伸ばしていく。それとも、風船みたいに割れてしまう。硝子製の球体のように割れ飛ぶ。二つに分かれて成長していき、中からは新たな封筒が一つ現れる。

勿論これは、封筒についての話じゃない。

僕は、封筒を持ち上げ、勢いをつけて両手で引き裂く。中の便箋と一緒に引き裂く。少女が片眉を上げ、僕を見ている。無論、封筒は引き裂かれたまま微動だにしない。だってこれは封筒だから。僕は二つに分かれた封筒をポケットに戻す。

「読まないの」

と少女は訊く。僕は頷く。

「だって何も書かなかったんでしょう」

少女は微笑む。

「色んなことを、逆にしてしまっているものね」

「あなたがここに何も書かないでくれて助かったよ」

僕は言う。僕が封筒を破れたこと。封筒をそのままポケットに入れられたこと。それだけで、手紙には何も書かれていなかった証拠として充分だ。

もしも少女がそこに何かを書き記していたら、便箋に書かれた文字は続きを求めて、どこまでも成長を続け、僕らを飲み込んでしまったことだろう。もう何がなんだかわからない形に入り組んで、僕たちはその断片を拾い読むことしかできなかっただろう。今の僕はまだ、この球体を眺めることに精一杯で、これ以上の形は制御できない。


「ゆっくりやれば良いのよ」

少女は言う。

「時間はどれだけでも作れるんだから。好きなだけ。望むだけ。見える限り。繰り返せるもの。同じことだけ」

「ごめん」

と僕は言うだろう。まだこんな時間を続けていてごめんなさいと、生まれたばかりの僕は言う。僕が生み出した時間の中では今生まれたばかりの僕はそう言う。本当はもうとっくの昔に、終わってしまっていていいはずなのに。

「インペトゥム」

少女は言う。

僕は耳慣れぬその単語を頭に刻んでおこうと口の中で繰り返す。

「創造のあと、単調な創造を繰り返す力」

少女は歳古《としふ》りた少女の笑みを僕へと向ける。

「この言葉を持ち出したのは、あなたなのよ」

「今聞いたよ」

僕は、手紙ではなく、この言葉を少女に渡すことになるのだろう。だから、インペトゥムの創造には起源がない。右から左に渡って環を描くだけで、発想される機縁がない。起源がないから思い出もなく、いつまでも退屈せずに回っていられる。

「違うかな」

少女は腕組みをして考え込む。

「あなたはその単語をあの子に渡して、あの子が私に渡すんだと思う」

そういうことでも構わないと僕は言う。僕はここのルールをまだ良く知らないから。できることならそうすると言い、有り難うと少女は言う。

「まあ、色んなことがあったわけよ」

それがあらすじ、と少女は言う。

「ただ階段を登ってきただけだけどね」

踊り場以外に何もない階段を、ただ登り続けてきた少女。同じところを、ただひたすらにぐるぐると。僕はこれから、その階段を降りていく。少女の登るこの階段から直角の方向へ向け進んでいく。

「退屈だったんじゃ」

僕は問う。

「どうだろうね。しなくてもいい、目的なしの馬鹿げた冒険なんてものをするうちに、あったかも知れない目的まで見失ったりするよりも、階段を登り続ける方が、遥かに簡単で分かり易いと思うけど」

「耐えられないよ」

「あなたは、もっと大変なことをしているのに」

少女の問う内容が、僕にはちっとも理解できない。

「溝を掘っているんだもの」

溝を掘るんだ。と僕は言う。僕は、溝を掘るわけだ。それをどれだけ繰り返せば、何をどうできるものなのだろう。幸い、時間だけは限りなくある。雨粒が地球を穿《うが》つように。気長にいつまでもどこまでも。溝の深さや、僕らの大きさが明示的には書かれていないのをいいことに。僕らはどうすることで人なのだろうか。なにかをしないことで人なのではなく。

たとえば僕は今ここで、三本目の手や四本目の手を突き出すことができるのだし、三つ目の目を開いたり、横腹に開いた穴から口笛を吹いたりできるのだ。背中から羽を生やして飛び去ったり、頭を裂いて中から真の自分を取り出したり。少女と少年が素朴に出会い、挨拶をして交合し、草を食《は》んで平和に暮らし、寄り添ったまま冬の夜に凍りついたり。

僕らはそんなことをしないわけだが、してはいけない理由はない。僕がその種の誘惑に抗《あらが》っていないというと嘘になる。でもあまりに無益なことだ。ただ溝を掘り続ける以上に無益なことで意味がない。

「溝を掘り続けるなんてことには無理があるんじゃないのかな」

少女は軽く肩を竦《すく》める。無理はもう、あちこちに出ているからね。今更気にしなくてもいいのじゃないかな。

「隙間には好きなものを詰めればいいのよ」

文字の間にも、行の間にも、頁の間にも、人の間にも、時間の間にも。外側を包む、暗闇にも。

「逆なの」

と少女は言う。

「統一されたものが散らばるのじゃなく、並べるものが視点だから。暗闇でさえ」

僕はまだ、その言葉の意味を理解しない。僕は断然そう言うべきだ。それがどんな意味なのかもわからないまま。ただ繰り返しが続く場合に、決して発せられない言葉を、無理矢理にでも、兎に角言おうとしておくこと。

「そろそろ行こうかな」

少女は伸びをしながら体を左右に捻る。期待してるよ、と僕に言う。本当は止めてあげたいのだけれど、あなたは聞く耳を持たないから。

少女が、階段の行き詰まりの扉に手をかける。重い扉に体重をかけ、力一杯押してみせる。扉の隙間から、子豚が一匹顔を出してあたりを窺う。少女の顔に目をとめて、頭を下げて走り去る。その背中を、あっけにとられた僕は見送る。

「何あれ」

指差す僕へ向けて、少女はくすくす笑っている。

「まあ、賑やかしっていうものかな。綻びかな」

じゃあまた、と手を振るこの少女は、二度と僕には出会わない。ここから先で、僕は少女に会うらしいけど。僕は、誰かと誰かのこういう出会い方をもうおしまいにしてしまいたい。

両開きの扉が閉まり、扉と扉の細い隙間が長い長い時間をかけて光を徐々に弱めていく。闇が降りて洪水が終わる。

僕は踊り場に足を抱えて座り込み、夜明けを待つ。僕が今回もまた乗り越えることができなかった夜明けを、息をひそめて待ち続ける。それとも外側では乗り越えられてしまった夜明けを外に残して、裡に眠る。こうして束の間の眠りを眠る。僕はこれからまたもう暫く、眠ることがないだろうから。全てが終わったあとには、僕の眠りでさえも残らないから。

## α1β4

出来事はいつも、真横からやってくる。出会い頭に衝突し、あちらへ向けて駆け去っていく。衝突だけが続いていき、決して並走されることがない。一緒にいない間のことを、二人は当然知りもせず、知りようもない。ほんの少しのことを知っている。わずかに、しかしどうしようもなくずれてしまっていること。ただ遅れているのとは違うということ。追いつく見込みはどこにもないこと。

踊り場の上、二枚の扉が交わるところで、少年と少女は出会い、鉢あわせる。男は弾丸じみて扉から走り出てきた少女を躱《かわ》す。コートの裾がひるがえり、闘牛士のように向き直る。男と少女が野生動物じみて睨み合う。

「やあ」

と男は挨拶を投げ、少女は用心深くあとじさる。大きすぎる鞄を体の前で守るように抱きかかえ、男から充分な距離を設定してから顎を下げる。

「忘れてしまっているんだな」

男の言葉に少女は頷く。ただ反射的に頷いており、男の言葉を理解する気はないらしい。

「そうは言うけど、俺なりに色々やってはみたんだ」

踊り場に座り込みながら男は言う。

「一応、こうして間に合ってもいる」

間に合ってはいないんだがね。でも、俺が通ることができるのは、そっちの方の扉じゃなくて、こっちの方の扉なんだから仕方がない。

「君は出てきた。俺は出ていく」

男は、自分の行く手の扉を指差す。傍らに立つもう一枚の扉と少女を順に指差し、少女が頷く。ようやく好奇の色が瞳に宿りはじめるのを男は見る。

「せめて同じ扉にしてくれてもよさそうなもんだと思わないか」

少女は男に背を向け、階段の端に腰掛ける。半身になって男を見返る。視界の隅で男の姿を捉えている。いつでも逃げ出すことができるように、足から力は抜かないでおく。男は苦笑し、背中に背負った頭陀袋を下ろす。踊り場に尻をついて、自分の扉へ凭《もた》れかかる。胸ポケットに手を突っ込み、ぼろぼろになった箱を取り出す。中から紙巻きを取り出して、湿気った煙草を口に銜える。しばらく煙草の先を観察して、箱に詰め込み、元へと戻す。

「こんにちは」

と男は言う。少女に横目で睨まれながら、返事がないことを確認する。それはまあ、許してはくれないだろうなと男は思う。彼女がそれを知らなくとも。動物的な本能が先天性の食い違いを察知する。自分は別に何もしてこなかったのだから当然のこと。見当違いのことだけを続けてきて、しかし、それ以外にはしようがなかった。無駄なことはどこから見ても無駄なこと。そうは言い条、一体どこでどうしろと。巫山戯《ふざけ》た事態に、巫山戯ずにずっとつき合えなんて無理じゃないかね。

「その時その時では真面目だったけれどもな」

黙りこくる少女へ向けて、男は自分の義務を果たしておく。

「インペトゥム」

男は言う。

「天使が天球を回しているっていう説だそうだ。自分で天球を手回しするのに飽き果てた誰かが作った、そういう力さ。一位の天使が、そのものぐさな誰かを認識することにより、一番外側の天球を回す。二位の天使が一位の天使を認識することにより、一つ内側の天球を回す。あとはひたすら同じように続いていく」

聞いてるか、と男は少女に訊ね、少女は首を横に振る。勿論、それで問題はない。重要なのは、この場で解説が行われることにあり、少女が実際に解説の中身に触れる必要はない。ここで知ったことをいつか思い出すのかも知れないし、いつしか勝手に知ってしまったことになるのかもわからない。最低限、ここで知ることができたかも知れないという事実を置いておくこと。自分たちが一階上の天使を認識することにより、この天球は回転する。回転を止めることはできないから、こうして続けていくしかない。停止した回転が、何かを生み出すことはできないから。たとえば本を読むのをやめてしまったら、そこには活字が横たわるだけのことになり、二人はいつまでもすれ違いを続けていく。

本当はそう並んでなどいないものを、強引に一つにまとめる視点。出鱈目《でたらめ》なやり方で偶然に回る三つの時間。それでもこうしてかろうじて、ぎりぎりのところで一つの流れ。

支離滅裂な時間に負荷をかけ、天球そのものを割り飛ばすこと。せめて時間を一方向に整流すること。できれば、追いつき追い越すことができる程度のものへぶちまけること。叶うことなら地の底まで。

インペトゥムにより力学的に継続する創造から、最初の創造を取り戻すこと。

「俺たちがこうしているってことは、まだなんだろうな」

男は扉に凭れかかったまま、首をがくりと後ろへ倒し、空を眺める。

「なあ」

男は下目使いで少女に問う。誰にともなく問いかける。

「この環が全体で閉じてしまって、つまりこの時間が終わりに達して、ただの立方体に戻ったあと」

言葉を切って瞑目する。

そこから先にあとはない。ただ同じことが回り続けて、回ることとさえ起こりはしない。次のダイスの振り手のなすがまま。ダイスの振り手の力も及ばぬ偶然によりなされるがまま。上の階の住人たちの自動的な恣意の裡に。

男の脳裡には、球体が一つ浮かんでいる。球体の表面に、大円が浮かぶ。ぽつぽつと滲む血の球のような点線で描かれる。点は見る間に手を繋ぎ、一本の赤い線となる。球体が赤い涙を流す。

机の上に置かれた球が、想像の中でどうしようもなく転げるように、男の頭の中の球体も、どうしようもなく血を流す。それを考え続ける間。

切り取り線は、切られるだろう。いつか、自分たちではない誰かの手によって。それまではせいぜい溝を深くすること。どんなに遠く離れてみても、誰かの目には見てとれるように。この球体を思い出す者が、切り取り線を自然に思い出すことができるようになるまで。想起の様式自体にそれを埋め込み、組み入れてしまうこと。

何かの方法を記した紙。一度書かれてしまったことは決して消し去ることができないけれど、それを違った並べ方にする方法。創造の技。忘れられることは何一つなく、変えようも無く、ただ記憶され続ける何者かの歌。

そういえばいつか、そんな話を聞いたことが。

球体を思い出すものが、いつかそんな一言を言う。

忘却が細部を浸食し、細部を失った骨格は炎の中に燃え崩れる。想像は全て想起であり、新奇なものは全て忘却である。白紙が形を変える時、それは明らかに嘘であるのに。

ある時、天使が一人、無より生ずる。低い天使が天球を回しはじめることで、一つ上の天使を創る。天使は一つ外側の天球を回しはじめることで、一つ上の天使を生み出す。極限の果てに見出される一位の天使は、それ以上の認識を拒む。それより先には、何も見出すべきものが見あたらないから。この創造は間違いであると、天使は独り、断を下す。

一位の天使は、最も外側の天球を、点線に従い切り裂いていく。球の中心より発し、外側へ向かう時間を逆に辿って、球の皮を剝き進んでいく。切り裂かれた球面は悲鳴を上げて、この損失を取り繕おうとし、傷口から平面を伸ばして、てんで勝手に展開しはじめる。球面に貼りつき凍りついていた星々が、時間を言祝《ことほ》ぎ、創造の朝を歌いはじめる。

保存は継続的な創造である。

創造は継続的な創造である。

ただ視点の提供により、それは生まれる。

伸びゆく平面に記された、一つの球体の創造と消滅の歴史。

一位の天使は、いつか中心の無へ辿り着き始源そのものを切開する。

あとにはただ、乱行の記録を残し、散らばる羽。

「そろそろ行くよ」

男は言う。君もそろそろ行った方が良いだろう。次の待ち合わせに遅れぬように。男は大儀そうに立ち上がり、傍らの頭陀袋を拾い上げる。少女に手を振り、片手を扉にあてて力を込める。扉の隙間から忘却の触手が顔を出す。

「待って」

不意に立ち上がった少女が、肩からかけた大きすぎる鞄を探る。男の顔を見、鞄の中身を覗き込み、視線を急いで往復させる。鞄の中には、無数の羽。薄い硝子の砕ける音がさりさり響き、少女は鞄を漁り続ける。癇癪を起こした少女は鞄の中身をぶちまけて、この世に日常雑貨がもたらされる。少女は雑貨の山を選り分けて、中から黒く焼け焦げた紙片を取り出す。真ん中から真っ二つに破り去られた、二枚の紙片を取り上げる。

無言でそれを、男に突き出す。

表面には、煤《すす》の跡。表面には、水の跡。何かの文様のようでもあり、ただの汚れとしか見るべきではない。何かの刻まれた、何かの記された、何も書かれていない紙片。ただたまさかの光の具合が、そこに図形を映すだろう。

男は、手紙を受け取って、ろくに確認することもせず、頭陀袋に突っ込んでおく。それを理解するにはまだ早いから。光線と角度の具合を間違えれば、異なる脈絡がそこに浮かんでしまうに違いない。

「ん」

手紙を突き出したまま滞空していた少女の手が、何かを求めるように宙を探って突き出される。男は少女の小さな手を握る。軽く触れて、二、三度振る。

「またな」

と言って、少女が一つ、頷きを返す。男の手が少女を離れ、小さな頭を撫でて大きく振られる。

男は扉の向こうに姿を消して、少女は踊り場に取り残される。

少女は大きすぎる鞄を拾い、とんとん、と足音を立て、爪先だけで階段を登る。五段登って、振り返る。扉を見つめ何事かを案ずるように目を細める。階段は踏まれるたびに鍵盤のように沈み込み、真白い羽がそこから生じ降り注ぐ。球体の表面が時間に対し悲鳴を上げる。少女は階段の上を跳ね飛びながら、くるくる回り、踊りはじめる。

少女の前には、真っ白に広がる空白。それはまだ、束の間の踊りにすぎない。まだ割れない。もう割れる。いつ割れる。いつか割れる。すぐそこにあり、遥かに遠い。こうして何もかもが動いているのに、ここでは全てが静止している。

少女は、動きを止めて、降り注ぐ羽に埋め尽くされた虚空を見つめる。羽の形で降り注ぐ、破れた頁に目を凝らす。そこにはありとあらゆる組み合わせの色。右足の爪先を二度、階段へと打ちつける。

少女の前には無限に循環を続ける凍りついた時間。

でも平気。

「私は、いつか、本当の時間が生まれることを知っているから」

それに備えるための時間は、まだ充分にある。

全てはまず、それからあとの出来事になる。

少女は階段を登り続けて、一つの扉を引き開ける。

扉の向こうには、一つの街。

そこには当然、いつもと変わらぬ一つの街。ほんの少し古びてしまったように造られた、実際また一回り分だけ古びを帯びた、見慣れた街。

私たちに、別のお話を始めさせて、と少女は呟く。

少女の頬を球になった液体が次々と伝い、その理由を少女は知らない。球体を拭い、指先を振る。

彼をなんとか助けてあげて。

彼が、こうして頁を開き続けて、地球の中心の地獄へ辿り着く前に。始源諸共、自分のことを消し去ってしまう前に。起点を失い乱れ散るお話の中から、私たちが彼を忘れずにいられる視点を、何でもいいから見つけ出して。

お話はちゃんとこうして、本に書かれているのだから。

# 思弁小説のフロンティア

慶應義塾大学文学部教授・アメリカ文学専攻
SF批評家
巽　孝之

二〇〇七年、円城塔の第百四回文學界新人賞受賞作「オブ・ザ・ベースボール」を一読した時のさわやかさは、忘れられない。

世に野球をモチーフにした小説は、野球発祥の地アメリカに限ってもバーナード・マラマッドの『ザ・ナチュラル』（一九五二年）からロバート・クーヴァーの『ユニヴァーサル野球協会』（一九六八年）、さらにW・P・キンセラの『シューレス・ジョー』（一九八二年）まで枚挙にいとまがなく、我が国でも高橋源一郎の『優雅で感傷的な日本野球』（一九八八年）が第一回三島由紀夫賞に輝いた。だが、「オブ・ザ・ベースボール」が凄いのは、このようなタイトルにもかかわらず、しかもアメリカの片田舎の雰囲気を醸し出しているにもかかわらず、そうした前提から連想される野球やアメリカをめぐる固定観念を一気に、すがすがしくも葬り去ってしまうところだった。

舞台は年に一度は空から人間が降ってくる人口五百名にも満たぬ町ファウルズ、主人公はその怪奇現象をしっかりと待ち受け、降ってくる人間を打ち返す豪腕バッター。空から雨や雪以外に魚類や両生類など生物のたぐいが膨大に降り注ぐという超常現象「怪雨《ファフロツキーズ》」（Falls From the Skies の略）はポール・トマス・アンダーソン監督の『マグノリア』（一九九九年）や村上春樹の『海辺のカフカ』（二〇〇二年）、山本弘の『神は沈黙せず』（二〇〇三年）でもおなじみだし、それら先行作品の主人公たちは怪雨に対しなす術もないのだが、円城の「オブ・ザ・ベースボール」では、何とそんな怪雨へ人間側が対抗措置を採り、野球よろしく九名のバッターから成るベースボール・チームならぬレスキュー・チームを編成し、人体を人体とも思わず叩き返していく。ヒトをヒトと思わずモノ扱いするという人間のパイ投げは初期筒井康隆を連想させるスラップスティックだが、最後まで読み終えるなら、そもそも本作品において作者は野球を媒介にしてわたしたちが現実世界で想定内と考えがちなすべての条件を――とりわけ言語と意味、記号表現《シニフィアン》と記号内容《シニフィエ》のあいだの常識的関係を――完膚なきまでに叩きのめしているのである。その実験精神を暴挙と取るか快挙と取るかは、読者次第――というより読者の文学的造詣次第だろうか。

文学的前衛とSF的想像力の双方を楽しむことができる感性にとって、これほどさわやかな物語もあるまい。もちろん「残念ながら俺たちはベースボール・チームではない」といった記述が何度かくりかえされるのに接する常識的な読者は「それならばいったいどうして『オブ・ザ・ベースボール』などというタイトルを付けたのだ？」と目を剝くかもしれないが、それこそまさしく作者の思う壺だ。ここでは、そもそも文学という伝統芸能におけるタイトルという制度そのものが、笑い飛ばされているのである。ふだんわれわれが自明の手段とみなす言語そのものがじつは世界を攪乱してやまぬ最大のトリックスターであることを、円城はきりもなく暴き続ける。小説を粗筋要約で事足れりとする向きには「わかりにくい」印象だろうが、いちどそのもくろみになじんでしまえば円城文学ほど「心地よい」快楽を与えるものはない。読者はたんに、言語がわたしたちの制御を離れ、現実を裏返し常識を裏切り、もうひとつの時空間を切り拓いていくのに身を任せればよい。

それから五年。円城塔は単著だけに限っても、第七回小松左京賞最終候補作を加筆改稿した第一長篇『Self-Reference ENGINE』（二〇〇七年）を皮切りに『Boy's Surface』（二〇〇八年）、前掲デビュー作を含む第一短篇集『オブ・ザ・ベースボール』（二〇〇八年）、第二十三回三島由紀夫賞候補で第三十二回の野間文芸新人賞受賞作となった長篇小説『烏有此譚』（二〇〇九年）、第二短篇集『後藤さんのこと』（二〇一〇年）、第百四十五回芥川賞最終候補を表題作とした、二〇一一年度『SFが読みたい！』国内部門一位『これはペンです』（二〇一一年）、そして第百四十六回芥川賞受賞作を表題作に据えた『道化師の蝶』（二〇一二年）と、ぞくぞく刊行している。二〇一一年秋には、期待の新鋭としての順調な歩み全般が高く評価され、昨年夏に発表された「道化師の蝶」までの業績を対象に、早稲田大学が主催する第三回坪内逍遙大賞奨励賞も与えられている。

だが、まさにその「道化師の蝶」が芥川賞受賞をもたらすことになり、いまいちばん感慨深いのは、円城塔デビュー以来の五年間、彼を強力に推してきた審査員のひとりが川上弘美であることだ。かつて〈文學界〉二〇〇七年六月号に発表された文學界新人賞選評に関する限り、松浦寿輝、島田雅彦とともに円城支持に回った川上弘美は「きれいにまとまりすぎかもしれない。でも『まとめる』というところに非常に力のかかる方法を選択しているから、いいと思うのです」とシンプルな感想を述べたにすぎないが、いっぽう〈文藝春秋〉二〇一二年三月号における芥川賞選評で小川洋子、島田雅彦とともに円城支持を崩さなかった彼女は、量子力学におけるシュレディンガーの猫が「生きているのと同時に、死んでもいる」と理論化されるのをたとえに長文の円城文学解説を展開し「今回『道化師の蝶』で初めて私は、『死んでいてかつ生きている猫』が、閉じられた青酸発生装置入りの箱の中で、にゃあ、と鳴いている、その声を聞いたように思ったのです」と絶賛を惜しまない。その背後には、円城と同じく川上自身が理系出身ということも介在しているかもしれないけれども、何より彼女の小説デビューが、かつて一九七〇年代から八〇年代初頭まで作家の山野浩一と翻訳家の山田和子が主宰したニューウェーヴ系SF雑誌〈季刊NW-SF〉だったということも関連するだろう（当時は小川項、山田弘美名義）。俗にSFと一口に言っても、一九五〇年代までの外宇宙《アウタースペース》を前提とした伝統的な科学小説《サイエンス・フィクション》としてのSFを批判し、六〇年代以降、イギリスのJ・G・バラードやブライアン・オールディスらがめざした内宇宙《インナースペース》への指向を共有する〈季刊NW-SF〉誌は、「思弁小説《スペキュラティヴ・フィクション》」としてのSFを追求するものだったからである。じっさいこれまで円城塔はその小説の言語遊戯や入れ子構造、自己言及的性格ゆえに小説批判の小説、それもきわめて思弁性の強いメタフィクションの作家と呼ばれることも多かった（前掲芥川賞選評では高樹のぶ子が「『道化師の蝶』は見通しの悪い視界にメタフィクションという言葉を投げ入れると、混濁した景色がすっきりと澄んだ」と述べ、問題を解決するには「Wikipedia で『メタフィクション』を検索すればよかった」と告白している）。前世紀末、一九九〇年代にはそうしたギミックを取り入れた主流文学とジャンル文学の境界解体様式「スリップストリーム」（ブルース・スターリング）や「アヴァン・ポップ」（ラリイ・マキャフリイ）も脚光を浴びたから、その文脈をふまえて円城文学につなぐ論理を用意することも、決して不可能ではない。

年代的に正確を期すなら、「メタフィクション」（metafiction）が流通し始める六〇年代にはるかに先立ち、そうした文学的実験をも属性のひとつとみなす「思弁小説」（speculative fiction）が構想されていた。最古の例を引くなら、一八八九年にはすでに北米作家エドワード・ベラミが西暦二〇〇〇年から十九世紀末をふりかえる未来小説『かえりみれば』（一八八七年）が「思弁小説」と評されたが、ジャンルとしては一九四七年に伝統的なハードコアSF作家ロバート・A・ハインラインがエッセイ「思弁小説を書くには」の中でそれをいわゆる科学小説の同義語として用い、やがて一九六六年にカナダの作家兼批評家で日本SF英訳計画にも大いに貢献したジュディス・メリルが煽動的な論文「SF——その意味を問う」（初出は北米を代表するSF研究誌〈エクストラポレーション〉七号［一九六六年五月号］、浅倉久志訳が〈季刊NW－SF〉第二号［一九七〇年十一月号］、浅倉久志訳『SFに何ができるか』［晶文社、一九七二年］所収）の中で、それこそハインラインを代表格とする伝統的科学小説への批判装置として「思弁小説」を再定義するに至る。彼女はSFにおける「教育的ストーリー」

（科学啓蒙小説と考えてよい）でも「伝道的ストーリー」（風刺的・教訓的小説と考えてよい）でもない第三の、しかも最も本質的な方向として「思弁小説」を挙げ、こう説明するのだ。「思弁小説《スペキュラティヴ・フィクション》——宇宙、人類、〝現実〟に関するなにものかを、探求し、客体化《プロジェクション》、外挿《エクストラポレーション》、類推《アナログ》、仮説とその紙上実験、などの手段によって、発見し、まなびとることを目的とするストーリー。もちろん、考察に値するすべての小説は、それが真理のある一面に到達すること、あるいはそのヴェールを剝ぎとること、を心がけている点で、思弁《スペキュラティヴ》的だといえる」。メリルは続く論考「SFに何を求めるか」において、レジナルド・ブレットナーが未来の「統合された文学」について「芸術的には非SFに多くを負いながら、主要な態度と目的は現代のSFから進化したもの」と予言したことを高く評価し、主流文学とSFの境界解体が思弁小説によって成されることをも展望している。改めて本書『SFに何ができるか』をひもとくと、この浩瀚《こうかん》な思弁小説論が刊行されたのがまさに円城塔の生まれた一九七二年であった奇遇に、深い感慨を覚えざるをえない。

　もちろん、メリルの定義をいまの視点で読み返すと、いささかものものしく響くかもしれないが、要するに「科学小説」としてのSFが何らかのかたちでわたしたちの生きる現実世界の建設的発展にすぐにでも役立ち、技術面でも倫理面でも「面白くてためになる」ことを前提としているなら、いっぽう「思弁小説」としてのＳＦとは――まさに「スペキュレーション」という単語が思索とともに投機すなわち賭けとも二重写しになっているように――「面白いかどうかは読者それぞれの文学経験次第、ためになるかどうかもすぐにはわからない」たぐいの小説ということになるだろう（その意味で、先行する『Self-Reference ENGINE』『Boy's Surface』双方の文庫版オビ裏に躍る「面白くてためにならない。でも、なぜか心地いい」というキャッチコピーは、それ自体が思弁小説の一面をみごとに衝《つ》いている）。科学小説としてのＳＦが同時代の現実においてすぐ役立つたぐいのものだとしたら、思弁小説としてのＳＦは現実の深い部分に潜む「真理のある一面」、すなわち内宇宙を探るために手法自体が複合的となり、それがどんな意義を持つかは未来に向かって賭けるしかない。その意味で、思弁小説とは円城塔の尊敬する作家であり、現代日本ＳＦ最大の震源でもある第二十五回芥川賞受賞作家にしてノーベル文学賞常連候補・安部公房が科学の一面的理解を批判して疑似科学の意義を称揚し、ＳＦを「仮説の文学」と定義したこと（「ＳＦの流行について」一九六二年）、安部の伝統を継ぐ小松左京がフッサールからハイデッガー、サルトルへ至る現象学と実存主義の理論体系からＳＦの模索すべき未来観の未来を考えるのに『純粋意識』の内面から見た、接近してくる、あるいは現在をのりこえ、自己を投企し、自己を実現すべき空白としての『未来』の性質の探究」という問題意識を抱いていたこと（『未来の思想』一九六七年）とも関わるだろう。だとすれば、それは一九七〇年より思弁と投企ならぬ投機の同義性に着目してニューウェーヴ系思弁小説を促進し、現実にギャンブルとしての競馬を仕事にした山野浩一が「スペキュレーション」を「収集した情報によって導かれる状況変化や隠された事象を推測する」行動として再定義したこととも、さほどかけ離れてはいまい（「リスクの認識、ギャンブルの試行」、宮坂敬造他編『リスクの誘惑』［慶應義塾大学出版会、二〇一一年］所収）。

現代日本SFは、じつはその起源から思弁小説の方向を孕んでいたのであり、その意味で現在、博多の英訳出版社・黒田藩プレスが日本SF傑作選シリーズを「スペキュラティヴ・ジャパン」と命名し、二〇〇七年刊行の第一集には小松左京や山野浩一から川上弘美まで、二〇一一年刊行の第二集には谷甲州から山尾悠子、ひいては円城塔までをも――それも『Self-Reference ENGINE』第九章でニューウェーヴ的内宇宙の理論的根拠たる精神分析学者ジークムント・フロイトその人をあたかも大量生産人形のごとくに扱った「Freud」を――収録するに至ったのは正しい判断の結果であった。同シリーズの編者にして黒田藩プレス社長のエドワード・リプセットは、その第二集巻頭言において、もともと思弁小説が「われわれの暮らす現実とは異なる世界」を扱う点でSFやファンタジー、歴史改変小説やホラーなどほかのジャンルと重なる可能性があること、彼の尺度ではたんに「ユニークな日本文学」と呼んでもさしつかえないことを表明しながら、あえて「スペキュラティヴ・ジャパン」なるシリーズ名にこだわることで「文学の新たな次元を——新たなかたちで表現され、英語圏作家たちが思いもつかない新たな思想を探る機会を読者に与える」可能性を語る。それは、従来の欧米型のSFが描いてきたのとはまったく異なる現実の表現方法を、日本という並行世界のうちに育った文学的感性のうちにこそ夢見ようとする点で、思弁小説そのものの再定義と言ってよい。その意味で、わたし自身も選考委員に加わった前掲第三回坪内逍遙大賞奨励賞の受賞理由が以下のように書かれたのは、偶然ではない。

「円城塔氏は、該博な自然科学の専門的知識と、幅広い文学的素養に支えられた独創的な小説の世界を創り出しつつある。その作風はしばしば極めて難解と評されるが、SF、ファンタジー、メタフィクション、哲学的思考実験などの様々な領域を自由に探索しながら、この数年の間に思弁小説（スペキュラティヴ・フィクション）の未踏の分野を切り拓いてきた筆力には目覚ましいものがある。『烏有此譚』『道化師の蝶』『これはペンです』などの作品は、小説の新たな可能性を示すものとして読者を十分に驚かせたが、この才能はこれからどこに突き進んでいくのだろうか。今後のさらなる展開に大いに期

待したい」(http://wasedabunka.jp/commend/award03#winner)

ふりかえってみれば、前掲メリルは欧米の思弁小説を促進するいっぽう、日本的想像力そのものに期待したからこそ、一九七二年には東京の東小金井に滞在しつつ日本SFの英訳をめざす共同作業に従事していたのだった。

それからきっかり四〇年。

思弁小説そのものが新展開を迎えた局面で、いま円城塔が羽搏《はばた》く。

＊

以上のような文学的コンテクストをふまえるなら、第二短篇集にあたる『後藤さんのこと』が行なっている思弁的実験も、いっそう楽しめることだろう。

二〇一〇年の初頭、本書初版のハードカバー版単行本が届いた時、それを手にしたわたしは、まず巨大なオビのように見えるものがすでにして「INDEX」というタイトルの全四〇ページから成る小説作品(この文庫版では挟み込み別冊)であることに気づいて、吹き出してしまったものである。かのニューウェーヴSFの王者J・G・バラードにも「インデックス」という作品があり、短篇集『戦争熱』(一九九〇年)の末尾を飾っているのだが、しかしそのテクストはじつは同短篇集自体のインデックスではなく、未だ書かれざる本へのインデックスだという仕掛けが凝りに凝っていた。円城塔の「INDEX」は当然バラード作品へのオマージュを孕んでいるとは思うが、さらに本が暴走し目次が本文を浸食し始め、駄洒落よろしく自己炎上への道をたどるという展開は、あたかもサイバーパンクSFの帝王ウィリアム・ギブスンがデニス・アッシュボウと共作したアートブック『アグリッパ』（一九九二年）へのコメンタリーともおぼしい。かてて加えて、オビ裏にはふつうキャッチコピーが来るべき位置で活字ポイント級数を一気に上げて「この短篇はページに沿ってお読み下さい。この短篇は『後藤さんのこと』とはまったく関係ありません」とも記されているのだから、もはやそのセンテンスが短篇テクストの部分なのか本書全体の巧妙なキャッチコピーの一種なのか、まったく区別がつかない。なにしろデビュー作で小説タイトルという制度を笑い飛ばしてしまった作家であるから、こんどは単行本のオビという制度、目次という制度、ひいてはオビにはつきもののキャッチコピーという制度を逆手に取ったブラック・コメディを展開しているのを見て、ああ相変わらずの円城塔が元気に円城塔をやっている、とうれしくなったのである。

このように本そのものを成立させてきた制度を逆利用して本の本質を問い直す試みも多くのメタフィクションが試みてきたことであり、その精神の根源は二十世紀初頭に開花したダダイズム＝シュールレアリスムを支えたコンセプチュアル・アートの伝統に求めることができる。だが、ちょうど『後藤さんのこと』と前後して刊行された第二長篇『烏有此譚』（二〇〇九年十二月）にもまた同様の意志が作用しているのを見るにつけ、わたしはあと一歩踏み込んで、円城塔の思弁小説を「パレルゴンの文学」と呼びたい気持ちに逆らえなくなった（〈新潮〉二〇一〇年三月号書評）。

かつてイマニュエル・カントが『判断力批判』で示唆しジャック・デリダが『絵画における真理』で再検討した「パレルゴン」（作品［エルゴン］に対する額縁＝副次的条件全般）、それは物語本体と比べ一見どうでもよさそうな周縁部分、すなわち序文や謝辞、註釈、後記や解説といった枠組そのものを指す。ハーマン・メルヴィルの『白鯨』（一八五一年）やT・S・エリオットの『荒地』（一九二二年）、ウラジーミル・ナボコフの『青白い炎』（一九六二年）、マーク・ダニエレブスキーの『紙葉の家』（二〇〇〇年）などがいずれも、ときに註釈が作品本体を浸食しかねない異端である点において正典たりえているのは、じつに興味深い文学史的逆説である。そして、円城塔が脚注を駆使し時に暴走させてやまぬ長篇『烏有此譚』もそんな文学的系譜に入る。

しかも、デビュー作以来、彼の標的はじつは本の表題や目次や注釈のみならず、わたしたちの日常会話を成立させるぎりぎりの制度にまで向けられていた。たとえば、第一作品集に収められた「つぎの著者につづく」では、一見したところ実在した北米SF作家R・A・ラファティではないかと誰もが思う主人公の「R氏」が、物語の展開にしたがって、まるきり想定外の人物へと塗り替えられていく。「これはペンです」における「叔父」もまた、時折愛する姪に手紙をくれる存在でありながら、その正体はじつは人間ならざる者かもしれない。芥川賞受賞作「道化師の蝶」の「わたし」にしても絶対的と思われた一人称単数が章を追うごとに別の実体を指すようになる。本書の表題作も同じで、「後藤さん」はふつうの人間のようでいて、やがては波か粒か、ニワトリかタマゴか、はたまたダークマターか新エネルギー源なのかわからないぐらいに変幻自在なのだが、その根本には「生きているのか死んでいるのかわからない」存在であるという、いみじくも川上弘美が例に引いた「シュレディンガーの猫」に限りなく近い思弁が潜む。「The History of the Decline and Fall of the Galactic Empire」における「銀河帝国」も同様。いかなる人称にせよ、主人公という名の物語制度そのものが、ここではすがすがしくも転覆される。

もっとも、そこまでならば、いわゆるポストモダン作家がいかにも必殺技のひとつとして習得しそうなギミックかもしれない。円城塔がいったいなぜそのように伝統的な現実のヴェールを一枚一枚引き剝がそうとするかといえば、表題作結末でも暗示される「その超光速通信技術こそが後藤さんであるという説」が参考になるだろう。光速を超える可能性がタイムトラヴェルを可能にする理論が唱えられて久しく、二〇一一年秋にニュートリノが超光速を実現したとの報告はタイムマシンの夢を世界的に煽ったが、本書の中にはまさに時間を奇妙な次元とみなして閉じ込めようとする壮大な宇宙論「さかしま」をはじめ、マニエリスム的言語錬金術を思わせるだまし絵《トロンプルイユ》効果により世界の秩序を逆転させる「考速」、とある遺言をもとに時間の因果律を根本から疑う「ガベージコレクション」、時間創造という主題を展開し、本当の時間が生まれるまでの時間を過ごすという高度に逆説的な「墓標天球」までが含まれている。そう、初期から二〇一二年発表の「松ノ枝の記」に至るまで、円城塔がここまで文学的制度のあれこれを洒落のめしつつ一貫して批判し再創造しようと定めているのは、時間という主題にほかならない。げんに彼の文学の大半は時間論的逆説を扱っている。

近代文学において堅固に構築された時間的秩序を震撼させ、まったく新しい時間文学をもたらすのは、円城的物語学をおいてない。本書はそんな思弁小説のフロンティアを切り拓くための、微小でも重大な一歩である。

本書は、二〇一〇年一月に早川書房より単行本として
刊行された作品を文庫化したものです。

# Self-Reference ENGINE

円城　塔

彼女のこめかみには弾丸が埋まっていて、我が家に伝わる箱は、どこかの方向に毎年一度だけ倒される。老教授の最終講義は鯰文書の謎をあざやかに解き明かし、床下からは大量のフロイトが出現する。そして小さく白い可憐な靴下は異形の巨大石像へと果敢に挑みかかり、僕らは反乱を起こした時間のなか、あてのない冒険へと歩みを進める——驚異のデビュー作、二篇の増補を加えて待望の文庫化

ハヤカワ文庫

# Boy's Surface

## 円城　塔

とある数学者の初恋を描く表題作ほか、消息を絶った防衛線の英雄と言語生成アルゴリズムについての思索「Goldberg Invariant」、読者のなかに書き出し、読者から読み出す恋愛小説機関「Your Heads Only」、異なる時間軸の交点に存在する仮想世界で展開される超遠距離恋愛を描いた「Gernsback Intersection」の四篇を収めた数理的恋愛小説集。著者自身が書き下ろした〝解説〟を新規収録。

ハヤカワ文庫

# 虐殺器官

伊藤計劃

9・11以降、〝テロとの戦い〟は転機を迎えていた。先進諸国は徹底的な管理体制に移行しテロを一掃したが、後進諸国では内戦や大規模虐殺が急激に増加した。米軍大尉クラヴィス・シェパードは、混乱の陰に常に存在が囁かれる謎の男、ジョン・ポールを追ってチエコへと向かう……彼の目的とはいったい？　大量殺戮を引き起こす〝虐殺の器官〟とは？　ゼロ年代最高のフィクション、ついに文庫化

ハヤカワ文庫

著者略歴　1972年北海道生，作家
著書『Self-Reference ENGINE』『Boy's Surface』（以上早川書房刊）他

HM=Hayakawa Mystery
SF=Science Fiction
JA=Japanese Author
NV=Novel
NF=Nonfiction
FT=Fantasy

# 後藤《ごとう》さんのこと

〈JA1062〉

二〇一二年 三 月十五日　発行
二〇二一年十二月十五日　三刷
（定価はカバーに表示してあります）

著　者　円《えん》城《じょう》塔《とう》
発行者　早川浩
印刷者　草刈明代
発行所　株式会社　早川書房
郵便番号　一〇一 - 〇〇四六
東京都千代田区神田多町二ノ二
電話　〇三 - 三二五二 - 三一一一
振替　〇〇一六〇 - 三 - 四七七九九
https://www.hayakawa-online.co.jp

乱丁・落丁本は小社制作部宛お送り下さい。
送料小社負担にてお取りかえいたします。

印刷・中央精版印刷株式会社　製本・株式会社フォーネット社

ISBN978-4-15-031062-2 C0193



本書は活字が大きく読みやすい〈トールサイズ〉です。

につ

本を書いた魔
その本を自分の想
裡に留めおこうと、
終えられたものに対し
挑戦すること。

12

P29：

自分に読み耽るうちに、迂闊にも暖炉に放り込まれた本はそれでも自分を読み続ける。

燃え尽きるまでに読み終えることができるのかはP38まで不明である。

29

を

本とそ
本を書き終

の形をしている。

37

P13：

P12の見取り図。

またP14の内容について。

P14：

P13とP14の内容について。

P15についても語ろうとするが、まだその時ではない。

14

P28：

少年がP37を開き、読み出すこと。またその後に起こったこと。

本の失われた理由について。しかしそれが明かされるのはP37を待たねばならない。

27

。
置さ

35：

しかしその本は自分自身を読み耽り、少年のことなど考えない。

仕方なく少年は無理やり自分をその本に登場させる工夫を施す。

またその顛末について。

35

P17：

こんな本を書き出した魔法使いの溜息。

あまりにも面倒で頁がちっとも進まない。このままP39までいけるのかどうか魔法使いは不安になるが、お話は進む。

16

P25：

それが村人が消えても自分の消えない理由なのかと少年が訊ねること。

魔法使いがゆっくりと首を横に振り、本を指差して少年にP37を読むよう促すこと。

25

隣の村を襲う災厄
ての頁を読み始める
と。

魔法使いは自分の過ちに気づくが、そのことが書かれた頁もまた存在してしまっていること。

08

魔法使いが本を書き、本が魔法使いしか知らぬのであれば、本の知っている人間は魔法使いに限られることについて。

帰結は最早限られている。

少年が魔法使い自身であること。

33

P19：

本が本にでてきた「村」というものを想像すること。

その想像の歪みが実際に村を歪めていくこと。本が人間をよく知らないことについて。人間とはただの文字でしかない。

18

その本の奥付に自分の名前が書かれていることに少年が気づくこと。

少年はそれを一瞥しただけに留まり、魔法使いは強張っていた肩から力を抜いて、自分の予想の正しさを確認する。

23

本を読んでいるのがその本自身であるために、外界が本自身の体験に縛られてしまっていること。本は自分自身を全てであると考えている。

魔法使いが本を本からとりかえそうと試みること。

10

P32：

自らの炎上を読み、記された通りに本は燃える。

村人が消えたのは本が村人というものを知らなかったことによっている。

あるいは少年がまだ消えずにいることについて。

31

P20：

本の半ばにしてようやく、忘れられていた少年が再登場すること。

またP21について。

P21：

少年と魔法使いのお話。

20

P22：

少年が本をとりあげ、最後の頁を開こうとすること。

魔法使いは非難の声を上げ、それを止めようとするが、天啓とも呼べる閃きにより考え直すこと。

P40について。

21

P30：
P30とP31について。

P31：
本が炎上するのは、本が炎上するシーンを本が読んでいるからであることについて。

30

少年がめくったP37のこと。
そこに書かれた行動に少年は戸惑うが、静かにひとつ頷くと目を閉じて、緩慢な動作で本を傍らの暖炉に投じる。
本に火がまわる。

28

P26：
本が終結へと急ぎ読み進めること。
また P27について。

P27：
P27がP28とP37を…
始めること。

26

P24：
魔法使いが…
首を振りつ…
の名前では…
な書物を…
告げるこ…
まさ…
少年が答える…

24

P23：
少年が魔法使いの制止を無視して、大胆にも本の奥付を読み出すこと。
息を呑んだ魔法使いが少年へ向けて頷きかけ、その好きに任せたこと。
引き続きP40について。

22

村人が要…
と。本が人間を理解し…
る様式について。
本は村を本のようなものだと思い、村人とは白紙の上の染みにすぎないと考えている。自分が染みであるのと同じに。

19

本が知…
魔法使いだけだったこと…
ついて。
またはひとつの解答の提示。

32

魔法使…
つめること。

09

P11：
本と魔法使いの戦…
いて。
自分を読む…

P39：
そして…はこの話を本に書きはじめる。

39

P38：
少年は全ての元凶がこの…
本であることを悟り、…
暖炉へ放り込む。
燃えはじめるの…
して魔法使い…
えた少年。
炎は少年…

P02：
P02とP03について。
目次が本文を侵食しはじめること。

02

P05：
読者のいない本について。
その本自身によって読まれる本。
たとえばこの頁と前頁の関係のように。
あるいは孤独な魔法使いのこと。

04

P06：
少年の登場。またP07の内容について。

P07：
その本の形式につい…
少年は登場したまま抜…
れる。

06

P09：
本が…
につい…
こ…